RACHE IST SÜSS

MAFIA-BRÄUTE
BUCH 1

LEE SAVINO

Übersetzt von
DR. BARBARA PRILL

RACHE IST SÜSS

Kaum hatte ich die Bäckerei betreten, wusste ich, dass Leah dazu bestimmt war, meine Frau zu werden.

Ein Mafiaprinz nimmt sich, was er will. Sie weiß nicht, wer ich bin, kennt nicht meine Besessenheit von ihr. Aber beides wird sie noch erfahren.

Diesen Valentinstag wird sie mein.

WIDMUNG

Dieses Buch ist allen kurvigen Mädchen gewidmet, die großartig backen können und alle Liebe verdienen, auch wenn wir ab und zu ein Geschirrtuch verbrennen.

Auch Nanette, die eine leibhaftige Keks- und Schokoladengöttin ist. Du verdienst es, von deinem eigenen großen, dunklen Mafioso entführt zu werden.

Ein großes Dankeschön an Ines Johnson für fabelhaftes und einfühlsames Beta-Lesen. Du hast dir die ganze Schokolade verdient!

Ein besonderer Dank geht an die Goddess Group, die bei der Wahl des Titels geholfen hat. Hier sind alle Titel, die viele Stimmen erhielten, aber nicht gewonnen haben:

- *„Rache ist ein Gericht, das man am besten mit Schokoladenstreuseln serviert"*
- *„Bullets, Blood & blonde Brownies"*
- *„Bullets & Buttercream"*
- *„Pistolen und Pies"*
- *„In meinem Bett liegt ein Schokoladenpferdekopf"*

- *„Sag hallo zu meinem kleinen ... Flan"*
- *„Halte deine Freunde nahe bei dir und deine Eclairs noch näher"*

Treten Sie Lee Savinos Goddess Group auf Facebook bei oder folgen Sie ihr auf Tiktok für mehr verrückte Späße.

1

LEAH

DIE SONNE IST GERADE AUFGEWACHT, als ich von der Bushaltestelle durch einen Haufen dreckigen, tauenden Schnees stapfe. An diesem grauen Februarmorgen gibt es in dem dunklen und heruntergekommenen Einkaufszentrum nur ein Geschäft, dessen Schaufenster beleuchtet sind. Selbst mit der abgewetzten und verblassten rosa Farbe ist die Bäckerei ein fröhlicher und einladender Anblick.

Die Tür klemmt, aber als ich mich dagegenstemme, öffnet sie sich ruckartig und lässt die Glocke über mir fröhlich bimmeln. Mir läuft das Wasser im Mund zusammen, eine Sekunde bevor mich der Duft von Karamell und Zimt in einem Schwall von Wärme trifft.

Das Paradies ist eine Bäckerei zehn Minuten vor der Öffnung. Genauer gesagt, die *Panetteria Principessa*, und es ist die beste Bäckerei in Dumont, meiner Heimatstadt, und möglicherweise auf der ganzen Welt. Es spielt keine Rolle, dass meine billigen Stiefel durchnässt oder meine Lippen vor Kälte aufgesprungen sind. Es wird ein guter Tag werden.

„Guten Morgen", trällere ich und stampfe mit den Füßen auf, um die Kruste aus schmutzigem Eis abzuschütteln. Der Laden ist warm und riecht nach Zimtschnecken. Der Duft versetzt mich geradezu in einen Zuckerrausch.

„*Buongiorno*, Leah!", ruft Mr. Rossi von hinten, und sein Tonfall strahlt pure Freude aus. „Komm und sieh, was ich gemacht habe!"

„Eine Sekunde." Ich drehe mich um und ziehe am Türgriff, sodass die Klingel tanzt und wieder und wieder klingelt. „Die Tür klemmt." Kalte Luft strömt durch die Ritzen.

„Ich werde es später reparieren. Du musst kommen und es dir ansehen!"

„Sie werden eine Menge Heizkosten bezahlen", warne ich, gebe aber das Ziehen auf und schlendere weiter in den Laden.

„Das tue ich bereits." Mr. Rossi klingt fröhlich, aber ich zucke zusammen. Heizungsrechnungen sind ätzend. Es ist ja nicht so, dass wir die Eingangstür geschlossen halten können. Jeder neue Kunde wird einen unwillkommenen Wintereinbruch mit sich bringen.

Es ist ein guter Tag zum Backen, und sei es nur, um den Ofen anzulassen.

Die vorderen Fächer sind bereits mit Schokoladenmuffins und Red-Velvet-Cupcakes gefüllt, die mit dem perfekten Zuckerguss überzogen sind. Ein paar Schritte hinter der Theke befindet sich der Eingang zum hinteren Bereich. Es gibt keine Tür, und als ich hindurchtrete, umfängt mich der Duft von Zimtbrötchen und der frische Geruch von Zitronen-Mohn-Muffins.

Ich habe das große Glück, an meinem allerliebsten Lieblingsort auf der Welt zu arbeiten.

Links sind all die Öfen, die eindrucksvolle Hitze abstrahlen. Ich ziehe meinen dünnen Mantel aus und wickle meinen cremefarbenen Schal ab. Unter meinen Wintersachen trage ich einen weichen rosa Pullover, der meine braune Haut zum Strahlen bringt. Der Strick wäre zu heiß zum Arbeiten, wenn ich den ganzen Tag hier hinten stünde, aber da ich abwechselnd vorne und hinten arbeite, ist er perfekt.

In der Ecke ragt der Kopf von Mr. Rossi aus einer Reihe riesiger glänzender Zylinder heraus, die auf einem verschnörkelten Metallkasten sitzen - eine Art Maschine, die ich noch nie gesehen habe.

„Ah, da ist sie ja!" Sein wettergegerbtes Gesicht verzieht sich zu einem Lächeln. „Sie kommt wie ein Engel vom Himmel herab."

Ich kichere und lege auch meine cremefarbenen Fäustlinge und meine Mütze ab. Der Überschwang meines Chefs hat nichts Flirtendes an sich. Er ist zu jedem so ein Schatz. Außerdem ist er wahnsinnig in seine Frau verliebt.

„Das musst du dir ansehen!", ruft er und wedelt freudig mit den Händen. Ein kleiner dunkler Lockenkranz wippt auf seinem ansonsten kahlen Kopf auf und ab. Das Licht bricht sich sowohl auf dem haarlosen Scheitel als auch auf der metallenen Antiquität, die die Ecke des Raumes beherrscht. „Ich habe die Antwort auf all unsere Probleme gefunden."

Die Antwort auf all unsere Probleme ist ein metallisches Monstrum, das auf einem Wagen thront. Es ist größer als ich und hat drei zylindrische Türme auf der Spitze eines Messinggehäuses.

„Was ist das?"

„*Una macchina per caffè espresso*. Sehr alt. Sehr selten. Ich habe sie endlich gefunden! Die Maschine, die Bohnen in Gold verwandeln wird!"

„Das ist die Espressomaschine?" Als Mr. Rossi mir erzählte, dass er bei einer Auktion auf eine solche Maschine geboten hatte, war ich begeistert. Aber dass er sie ersteigert, damit hatte ich nicht gerechnet. „Wie alt ist sie?"

„Dreißig, vierzig Jahre ... aber sie funktioniert gut."

Oh Gott! Dieses Ding ist älter als ich selbst.

Mr. Rossi bemerkt meinen Gesichtsausdruck offenbar nicht, denn er fährt fort. „Cappuccino, Latte, *il caffè* – da ist alles dabei. Bald werden wir Geld drucken!"

Ich unterdrücke einen Seufzer. Ich habe das schon einmal gehört. Ich kann nur hoffen, dass es dieses Mal wahr ist. „Was hat Cedella gesagt?"

„Sie hat es noch nicht gesehen." Sein Gesicht verzieht sich. „Nur ein Bild. Sie kann keine Treppe steigen, nicht heute."

Mrs. Cedella Rossi hat die geschwollenen Gelenke einer fortgeschrittenen rheumatoiden Arthritis. Heute muss einer ihrer schlechten Tage sein. Durch die Kälte hat sie so starke Schmerzen, dass sie meistens im Bett bleibt.

„Ich werde heute ihre Lieblings-Scones machen", verkünde ich. „Vielleicht klappt es bis dahin und wir können ihr einen Milchkaffee machen – sie darf als Erste eine Tasse probieren."

„Ja." Sein Gesicht hellt sich auf. „Danke, Leah. Du bist ein Engel. Bald wird es ihr besser gehen." Er schnappt sich einen Lappen und beginnt, die Maschine zu polieren.

„Haben Sie sich die Infusionsbehandlungen angesehen?", frage ich. „Ich habe gehört, die Ergebnisse wirken fast ein Wunder."

„Ja, ja, ich brauche nur ein bisschen mehr Geld dafür. Aber da kommt das hier ins Spiel ..." Er gibt der Maschine einen weiteren Stoß. „Ein paar Bohnen, ein bisschen Wasser und schon drucken wir Geld!"

„Richtig." Ich hasse es, die Stimme der Vernunft zu sein, aber einer muss es ja sein. Normalerweise ist Mrs. Rossi da, um ihren Mann nach seinen Höhenflügen zurechtzuweisen, aber sie sitzt oben fest, also muss ich diesen Part übernehmen. „Ähm ... funktioniert sie denn?"

„Natürlich! Muss nur noch ein bisschen poliert werden." Mit einem letzten Wisch wirft Mr. Rossi den Lappen beiseite und reibt seine Hände aneinander. „So gut wie neu. Hilf mir, sie zu bewegen, liebes Mädchen."

Mr. und Mrs. Rossi haben mich unter ihre Fittiche genommen und mir einen Job gegeben, als ich fünfzehn war und in einer Pflegefamilie lebte. Jetzt verdiene ich genug, um auf eigenen Füßen zu stehen, obwohl das Geld nicht reichlich ist. Aber für die beiden würde ich alles tun.

Wir brauchen beide all unserer Kraft, um die Maschine herauszurollen, und als wir das schwere Ungetüm vom Wagen auf eine freie Fläche ganz am Ende der Seitentheke gehievt haben, schwitze ich, und mein Pullover ist mit dem restlich verbliebenen Staub verschmiert. Ich muss zugeben, die Maschine sieht sehr schick aus.

„*Perfetto*", verkündet Mr. Rossi. „Jetzt werden wir Geld drucken!"

„Sobald wir gelernt haben, sie zu benutzen", erinnere ich ihn. „Gibt es eine Gebrauchsanweisung?"

„Nicht, dass ich wüsste." Mr. Rossi reibt sich den Kopf, bis sich seine Locken zu einem kleinen Heiligenschein auftürmen.

„Das ist in Ordnung", sage ich. Das Originalhandbuch wurde wahrscheinlich in Englisch zu Chaucers Zeiten geschrieben. Oder in einem obskuren italienischen Dialekt. „Ich werde es herausfinden." Ich streichle die Maschine und etwas fällt mit einem Klirren von der Rückseite. Ich reiße meine Hand zurück.

„Wir werden Geld drucken!" Mr. Rossi rennt nach hinten und kommt mit einem Stapel weißer Pappbecher zurück, die wir für den Filterkaffee verwenden. Er ist so aufgeregt, dass er ein paar Becher auf den Boden fallen lässt, die prompt unter den Tresen rollen.

Mr. Rossi krabbelt um den Tresen herum und hockt sich vor das Kreideschild, das wir als Speisekarte benutzen.

„Vielleicht sollten wir warten, bis wir herausgefunden haben, wie ..." Ich fange an, aber er hat bereits das Wort *Café Latte* in kaum leserlicher Schrift unter die übliche Liste von Kaffee, Tee und dem Muffin des Tages geschrieben.

Ich schätze, wir machen jetzt Milchkaffee.

„Haben wir genug Milch?", frage ich und stelle mich neben ihn. „Für einen Milchkaffee braucht man nämlich Milch."

„Oh. Nein." Mr. Rossi kratzt sich am Kopf.

„In Ordnung." Ich entferne sorgfältig, was er geschrieben hat, und setze stattdessen *Espresso* in meiner sauberen Schrift auf die Tafel. „Fangen wir klein an." Ich schaue stirnrunzelnd auf die Espressomaschine. „Sind Sie sicher, dass es keine Gebrauchsanweisung gibt? Vielleicht eine lateinische Schriftrolle, handgeschrieben von den Mönchen?"

Mr. Rossi ist bereits im Hinterzimmer verschwunden. Er kommt mit einer Schachtel zurück, in der sich mehrere glänzende Teile und undurchsichtige Plastikschläuche befinden. „Ich habe vergessen, die wieder anzubringen", sagt er und senkt den Kopf wie ein kleiner Junge, der mit der Hand in der Keksdose ertappt wurde.

Der Summer des Ofens ertönt.

„Okay." Ich nehme die Schachtel mit den fehlenden und wahrscheinlich unverzichtbaren Teilen der Espressomaschine. „Ich kümmere mich um das hier. Sie kümmern sich um den Ofen – lassen Sie die Muffins draußen, und ich fülle die Kiste auf, sobald sie abgekühlt sind. Dann können Sie nach Cedella sehen." Ich werde versuchen, die Maschine in

Gang zu bringen, während er oben ist und mich in Ruhe lässt.

„*Perfetto.*" Herr Rossi salutiert und huscht davon, während ich grinse. Manchmal muss man meinem Chef einfach sagen, was er zu tun hat.

„Sagen Sie ihr, dass ich die Aprikosen-Frischkäse-Scones machen werde! Die isst sie am liebsten", rufe ich ihm hinterher.

„*Sei un angelo!*" *Du bist ein Engel!*

„Schade, dass ich keine Ingenieurin bin", murmle ich zu der Schachtel mit den fehlenden Teilen in meiner Hand, bevor ich sie beiseitelege. Vielleicht sorgt das schlechte Wetter dafür, dass der morgendliche Ansturm nicht so groß ist, und ich habe Zeit, das glänzende Monstrum auf der Arbeitsplatte zu entschlüsseln.

～

LEAH

DA DRAUßEN SCHNEE und Graupel aus allen Wolken geschleudert werden, habe ich mit weniger Kunden gerechnet, aber die Beliebtheit meiner Muffins beweist, dass ich falschlag.

Die Zitronen-Mohn-Muffins sind wie immer zuerst alle, gefolgt von den Zimtschnecken.

Mr. Rossi kehrt zurück und hilft an der Theke, während ich eine große Ladung von Mrs. Rossis Lieblings-Scones zubereite und kurz nachsehe, ob nicht doch noch eine Bedienungsanleitung für die Espressomaschine herumliegt, die Mr. Rossi vergessen hat.

Bisher waren uns sämtliche Götter des Coffeeshops wohlgesonnen, und jeder hat sein übliches Getränk bestellt

– einen Filterkaffee und einen Muffin. Aber zwischen den Kunden erinnert mich Mr. Rossi daran, dass „wir uns einen Namen machen werden! Wir werden Geld drucken" – also wird er die Maschine wohl nicht so bald aufgeben. Das bedeutet, dass ich Barista werden muss, sofort.

Bei meiner Suche stoße ich auf ein altes italienisches Kochbuch, das ich mir unter den Arm klemme, um es mit nach draußen zu nehmen und zwischen dem Kundenansturm zu lesen. Mr. Rossi lässt mich so ziemlich alles backen, was ich will, und ich wollte schon immer mal ein paar neue Rezepte ausprobieren. Warum nicht Biscotti zum Espresso?

Als der morgendliche Ansturm vorbei ist, mache ich eine Tasse Pfefferminztee und reiche ihn Mr. Rossi. „Warum bringen Sie den nicht zu Ihrer Frau hoch?"

„Oh, das wird ihr gefallen. Danke, Leah." Er strahlt, verschwindet und lässt mich in einem leeren Laden zurück. Ich stöbere herum und räume auf, genieße die Ruhe.

Die Bäckerei ist mein Lieblingsort auf der Welt, aber ganz besonders liebe ich es hier vor dem Öffnen oder in der Pause zwischen dem morgendlichen und dem nachmittäglichen Ansturm. Dann habe ich die Gelegenheit zu backen.

Ansonsten würde ich nichts an der Bäckerei ändern – außer vielleicht das Trinkgeldglas mit dem handgefertigten Aufkleber darauf. Letzten Sommer hat Mr. Rossi *Leahs College-Fonds* darauf gekritzelt. Das war total peinlich, wenn meine Mitschüler auf ihren Morgenkaffee vorbeikamen, vor allem mein betrügerischer Ex und seine neue, wunderschöne, blonde und dünne Ballkönigin von einer Freundin. Jetzt, da es Februar ist und sie wieder an ihrem schicken Ivy-League-College sind, kann ich etwas aufatmen.

Ich mag mein kleines Leben. Ich würde nichts ändern – außer vielleicht den Mangel an Geld auf meinem oder Mr. Rossis Bankkonto. Und eine bessere Medizin für Mrs. Rossi.

Ich bin hinten und siebe Puderzucker, um eine schnelle Glasur mit Mandelgeschmack für die abkühlenden Scones zu machen, als die Glocke läutet.

„Ich komme", rufe ich. Mein Griff um die Zuckertüte verrutscht und eine weiße Wolke stäubt mir ins Gesicht. Ich schnappe mir einen nassen Lappen und tupfe mich ab, bevor ich zu dem Kunden eile.

Ein großer Mann in einem langen, schwarzen Mantel steht vor dem Tresen, den Kopf mit dunklen, glänzenden Haaren zu mir geneigt, während er die Speisekarte auf der Kreidetafel betrachtet. Meine Schritte werden langsamer. Ich habe das seltsame Gefühl, als würde ich gleich über eine Schwelle in eine andere Welt treten. Ich halte den Atem an.

Er hebt den Kopf, und mein Herz setzt einen Schlag aus. Kräftiger Kiefer, dunkle olivfarbene Haut, eine edle Nase - sein Gesicht ist schön, königlich und unnahbar zugleich.

Ich mache einen Schritt nach vorne und stoße mit dem Ellbogen einen Stapel Pappbecher um. Ich versuche, sie aufzufangen, schaffe es aber nur, sie weiter zu verteilen, sodass sie über den Boden rollen. Jetzt tänzle ich hin und her und versuche, sie alle aufzufangen.

Ist es zu viel verlangt, zu hoffen, dass der gutaussehende Kunde es nicht bemerkt hat? Ich blicke auf – und er lehnt sich über den Tresen, die dunklen Augen auf mich gerichtet. Seine schönen Lippen zucken. „Brauchen Sie Hilfe?"

Meine Güte, seine Stimme ist so schön wie sein Gesicht. Sanft und tief. Köstlich.

„Ich schaffe es schon, danke", sage ich. Ich greife nach oben und versuche, einen Stapel Becher wieder auf den Tresen zu stellen, es gelingt mir jedoch nicht und sie fallen alle wieder herunter. Einer trifft mich am Kopf.

„Alles gut", beteuere ich, erhebe mich und nehme meinen Platz hinter der Kasse ein. Heldenhaft ignoriere ich die heruntergefallenen Becher, die den Boden zu meinen Füßen übersäen. „Was kann ich Ihnen bringen?" Ich wische mir zügig die Hände ab. Ruhig, professionell. Das ist das Richtige.

„*Un espresso*", sagt er in einem köstlichen Bass, der mir eine Gänsehaut über die Arme jagt. Meine sehr mehligen Arme. Mist, ich bin mit Mehl bedeckt. Und Puderzucker. Und etwas Zimt. Ich versuche, mir heimlich etwas davon abzuwischen, aber es sind immer noch kleine weiße und rotbraune Flecken, die meine Hände bedecken.

„Ein Espresso?", wiederhole ich. „Wir haben keinen ..."

Der Blick des Mannes wandert nach rechts, und ich schaue ebenfalls zu der antiken Espressomaschine, die auf dem Tresen steht. Die Maschine glänzt und bewertet stillschweigend meinen Mangel an Barista-Kenntnissen. „Oh, richtig."

Es klingelt erneut und drei weitere Männer kommen herein. Sie tragen alle dunkle Mäntel und haben die gleichen dunklen und wunderschönen mediterranen Gesichtszüge wie der erste Mann. Machen Dolce & Gabbana draußen ein Fotoshooting?

Die vier Männer sehen sich total ähnlich. Wenn sie nicht Brüder sind, müssen sie Cousins sein. Der Erste, der zu mir an die Theke gekommen ist und mich anstarrt, ist der schönste von allen. Und er hat immer noch seine ganze Aufmerksamkeit auf mich gerichtet. Er sieht aus, als wäre er hungrig – und ich ein mit Zucker bestäubter Donut.

Meine Röte breitet sich von meinen Brustwarzen aus und rollt langsam mein Dekolleté hinauf, das so zur Schau gestellt wird. Dank der Hitze der Öfen habe ich meinen Pullover ausgezogen und trage nur noch ein weißes Unterhemd. Und morgen ist Waschtag, also habe ich nur noch meinen letzten Spitzen-BH an. In Rosa natürlich. Zum Glück ist das Unterhemd dick genug, um alles zu verdecken, aber die hellen Träger sind auf meinen Schultern zu sehen. Der kalte Luftzug, der den Kunden gefolgt ist, lässt meine Brustwarzen aufblitzen.

„Gut", antworte ich. „Ich bringe es Ihnen dann ..." Ich drehe mich um und stoße einen weiteren Becher von der Theke. Diesen fange ich auf und halte ihn vorsichtig fest, während ich zu meinem neuen Erzfeind hinübergehe. Mein Gesichtsausdruck, der sich in dem polierten Chrom spiegelt, ist voller Bestürzung. Ich hoffe, der Kunde kann mein Spiegelbild nicht sehen.

Die drei Kuppeln auf der Spitze sind wie Miniaturnachbildungen des Petersdoms. Verschnörkelt und genauso furchteinflößend. Eine Kuppel ist beschriftet: *Cappuccino*.

„Einen Cappuccino?", frage ich und greife hoffnungsvoll nach der Tasse.

„Nein, *principessa*. Nur einen Espresso."

Jetzt muss ich raten.

Heute Morgen haben Mr. Rossi und ich in einer Pause zwischen zwei Kunden herausgefunden, wie man das Ding einschalten kann. Ich drücke einen Knopf und zucke zusammen, als der Dampf herauszischt. Vielleicht gibt es einen Dampfaufsatz - gut für aufgeschäumte Milch.

„Hoppla", murmle ich. „Das nicht." Ich ziehe das Metallteil heraus, gebe die frisch gemahlenen Bohnen hinein und drücke sie fest. Ich schiebe das Metallteil mit dem Espressopulver wieder hinein und drücke einen anderen Knopf. Ein grünes Licht leuchtet auf.

Dann fängt die ganze Maschine an, zu wackeln, als würde sie von der Arbeitsplatte springen. Das ist anscheinend die Cousine der Espressomaschine von „Das wandelnde Schloss".

„Wir haben gerade erst diese Espressomaschine bekommen", rufe ich fröhlich über meine Schulter. Ich mache ein gefasstes Gesicht, als ob alles normal wäre. *Augen zu und durch.*

Die Typen an der Tür grinsen sich gegenseitig an, aber der Mann am Tresen hat seinen Blick noch immer nicht von mir abgewandt. Als ich mich umdrehe, spüre ich ein Kribbeln im Nacken.

„Komm schon, komm schon", raune ich der Maschine zu. „Du schaffst das."

Gerade als ich die Hoffnung aufgebe, gibt es ein Zischen, und ein Spritzer unappetitlicher brauner Flüssigkeit klatscht in den Pappbecher. Es riecht irgendwie nach Kaffee.

Ich danke den Göttern des Coffeeshops für ihr anhaltendes Wohlwollen und bringe dem Kunden den Pappbecher zurück und stelle ihn vor ihn hin. Die vier Männer vor dem Tresen betrachten ihn.

„Ich bin eigentlich eher die Teetrinkerin", sage ich, um die Stille zu füllen. Meine Röte hat den Scheitelpunkt meiner Wangen erreicht und ist dabei, sich zu entfalten wie zwei rote Fahnen vor einem Stier.

Der schöne Mann sagt nichts, sondern hebt den auf und leert sie derart mutig, wie ich es schon lange nicht mehr gesehen habe. Der Raum ist still, als er den Becher langsam wieder abstellt.

„Der ist gut", entgegnet er zwischen zusammengebissenen Zähnen.

Ich ziehe die Nase kraus.

„Sieht aus wie braunes Wasser", scherzt einer seiner Freunde, und die dunkelbraunen Augen des Mannes werden regelrecht eisig. Von nett und liebenswürdig verwandeln sie sich zu eiskalter Wut. Sein Kiefer mahlt. „Raus", befiehlt er, ohne sich umzudrehen.

Zu meiner Überraschung richten sich die Männer zu beiden Seiten von ihm auf – seine Brüder oder Cousins oder was auch immer – und marschieren zur Tür hinaus. Die Glocke bimmelt ihnen hinterher.

Ich atme tief ein und begegne dem Blick des attraktiven Mannes. Wir sind allein in dem Raum. Nur ich und der Mann, dem ich schlechtes braunes Wasser serviert habe.

„Es tut mir leid", beteuere ich und zeige auf die böse Maschine. „Sie ist ganz neu ... na ja, ganz neu bei uns. Wir haben sie gerade erst bekommen, und da sind ein paar Teile abgefallen." Ich greife nach unten, nehme den Karton und zeige ihm den Inhalt.

Er beugt sich vor, um die Kiste mit den Teilen zu studieren. Nach einer Pause nickt er. „Richtig."

Zu meiner Überraschung zieht er seinen Mantel aus und legt ihn auf den Tresen. Seine Freunde warten immer noch vor der Tür, mit dem Rücken zur Bäckerei. Einer pustet auf seine Finger, als wolle er sie aufwärmen, aber sie scheinen sich damit zufriedenzugeben, vor dem Laden zu stehen. Wie befohlen.

Seltsam.

Der schöne Mann ist zur Tür gegangen und hat das „Offen"-Schild auf „Geschlossen" umgedreht.

„Was machen Sie da?", quieke ich.

„Ich mache einen Espresso", sagt er seelenruhig, fängt meinen Blick ein und hält ihn fest, während er seine Manschettenknöpfe aus Onyx und Silber abnimmt. Er legt sie ab und krempelt die Ärmel seines luxuriösen Hemdes hoch.

Warum zieht er sich aus? Nicht, dass ich mich beschweren würde.

Er spricht weiter, seine sanfte Stimme ist reichhaltig wie ein Espresso. Gut gemachter Espresso.

„*Mia zia* hatte so eine Maschine", sagt er. „Sie ging kaputt, und ich habe sie repariert. Ich bin gut darin, Dinge zu reparieren. Dadurch wurde ich ihr Lieblingsneffe." Seine rechte Wange legt sich für einen Moment in Falten, und ich entdecke ein Grübchen. Du liebe Güte. Ein Model mit umwerfendem Aussehen und dann auch noch ein Grübchen.

Ich will mir Luft zufächeln und stoße einen weiteren Pappbecher um.

„Tut mir leid", murmle ich. „Verdammte Dinger ... sind immer im Weg."

Der schöne Mann steht jetzt hinter dem Tresen. Ich weiß nicht, was los ist, aber ich weiß, dass seine dunklen Augen die Farbe von Bitterschokolade haben.

„Sie haben da Zucker ..." Er blickt mir direkt in die Augen, während er auf meine Vorderseite deutet, und ich schaue entsetzt nach unten. Ich habe überall Puderzucker auf meiner Vorderseite. Meine Brüste sehen aus wie die schneegesprenkelten Zwillingsgipfel des Kilimandscharo.

Ich versuche, mich abzustauben, und verschmiere dabei überall Zucker. Jetzt sehen meine Brüste einfach glasiert aus.

Der Kunde legt den Kopf schief. Er schaut mir in die Augen, nicht auf meine Brüste. Dafür gebe ich ihm Extra-Punkte. „Erlauben Sie", murmelt er und nickt mit dem Kopf in Richtung der Espressomaschine.

Auf Autopilot gehe ich ihm aus dem Weg. Er hat etwas an sich, das mich dazu bringt, seine Befehle zu befolgen. Oder vielleicht will ich ihn auch nur von hinten beobachten.

Und was für einen sexy Hintern er hat. Ein knackiger Hintern in einer eleganten schwarzen Hose. Ein Hauch von teurem Parfüm umweht mich. Nicht zu viel, nicht unangenehm. Ich lehne mich näher heran, bevor ich merke, dass ich an ihm rieche.

Zum Glück bemerkt er das nicht. Er nimmt die Kiste und nähert sich der widerspenstigen Maschine. Metallteile klappern, als er anfängt, Schläuche und Metallvorsprünge zu entfernen und wieder anzubringen. Ich schwebe an seiner Schulter, die Hände hilflos an den Seiten.

„Sie müssen das nicht tun", sage ich. „Ihre Freunde sind draußen ..." Die drei Männer stehen auf dem verschneiten Bürgersteig, die Hände in die Taschen ihrer dunklen Mäntel gesteckt. Sie sehen gelangweilt und fröstelig aus.

„Sie werden warten", entgegnet er und klopft so fest auf die Seite der Maschine, dass ich zusammenzucke.

„Ruhig, *principessa*", murmelt er. *Principessa* bedeutet *Prinzessin*. So viel weiß ich von meiner Arbeit hier.

Was ich nicht weiß, ist, warum er mich „Prinzessin" nennt. Oder warum meine Finger danach verlangen, sich in den dicken, schwarzen Haaren des Fremden zu vergraben.

„Das ist Stefanos' Gebiet", sagt er, während er arbeitet. „Macht er Ihnen Probleme?"

„Das glaube ich nicht ..." Stefanos? Habe ich den Namen schon mal gehört? „Mr. Rossi gehört das Gebäude, also gibt es keinen Vermieter."

„Hmm." Er hält in seiner Arbeit inne, um in eine Tasche zu greifen, und reicht mir eine schwarze Visitenkarte. „Wenn Sie irgendwelche Probleme haben, rufen Sie mich an."

Okaaay. Ich studiere die Karte. „Royal Regis" ist alles, was darauf steht, zusammen mit einer einzigen Nummer. Eine Handynummer?

„Royal König", sage ich, denn *Regis* bedeutet auf Latein so viel wie *königlich*.

„Ja?" Seine Lippe schiebt sich nach oben und lässt seine weißen Zähne aufblitzen.

„Das ist Ihr Name?"

„Meine Eltern hatten große Hoffnungen." Er zuckt mit den Schultern, dabei fällt ihm sein Haar ins Gesicht und verleiht ihm einen jungenhaften Ausdruck. „Und Sie sind Leah."

„Was?", entgegne ich und bin erschrocken, dass er meinen Namen kennt. Er muss ihn auf dem verdammten Trinkgeldbecher gelesen haben. „Ähm, ja."

„Wunderbar", bekräftigt er leise, bevor er sich wieder an die Arbeit macht. Ich werde wieder rot.

Ein paar Minuten später hat er die Hebel neu angeordnet und die fehlenden Schläuche wieder angebracht, während ich nur herumstand und ihm auf den Hintern gestarrt habe.

Dann zerrt er mich hinter sich her und positioniert mich an der Maschine, mit ihm im Rücken. Er ist groß, viel größer als ich. Der perfekte Schnitt seines Anzugs verdeckt seine breiten Schultern, aber ich spüre sie, als er um mich herumgreift und meine Hand in die richtige Richtung führt. Zuerst füllen wir frische Bohnen in das Metallding und befestigen es dann an der richtigen Stelle. Seine Hand ist warm auf meiner. Sein frisches Parfüm umgibt mich und vermischt sich mit dem Duft des Kaffees.

„Jetzt, Leah", befiehlt er, und ein Schauer läuft mir über den Rücken. Sein Atem ist warm in meinem Nacken.

„Dieser Knopf", weist er mich an und drückt ihn mit mir. „Und zieh hier." Wir ziehen den Hebel gemeinsam. „*E presto ...*"

Die Maschine brummt – ganz anders als beim letzten Mal, als sie so dramatisch zischte und polterte. Eine satte braune Flüssigkeit schießt heraus und füllt den Becher. Es riecht göttlich.

Er schaut mir in die Augen, während er den Becher nimmt und nippt. „*Perfetto*", sagt er. Er sieht mich immer noch direkt an und drückt den Becher an meine Lippen. „Koste", befiehlt er. Mein Mund öffnet sich. Ich bin eigentlich keine Kaffeetrinkerin, aber die weiche Flüssigkeit schmeckt dunkel und sündhaft auf meiner Zunge.

„Oh", hauche ich. „Das ist gut."

„*Si*." Wir stehen so dicht beieinander, dass unsere Gesichter nur Zentimeter voneinander entfernt sind.

„Wie hast du das gemacht?", flüstere ich, als ob wir Geheimnisse austauschen würden.

„Ich kann gut mit Frauen umgehen", sagt er. „Sie ist eine Frau, oder?"

„Sicher", stimme ich zu, denn ich würde allem zustimmen, was er sagt.

„Schöne Frauen müssen nur auf die richtige Art und Weise berührt werden. Und darin bin ich ein Experte." Er sieht mich durch seine langen schwarzen Wimpern an.

Flirtet er? Mit mir?

Nein. „Ja, nun, das ergibt Sinn", platze ich heraus. „Du bist sehr attraktiv." Ich schlage mir eine Hand vor den Mund, damit ich aufhöre zu reden, und trete zurück, bis ich gegen den Tresen stoße. Der Rest der Becher fällt auf den Boden.

Tja. Ich werde Mr. Rossi wohl sagen, dass er mir die Kosten für die Becher vom Lohn abziehen soll.

Langsam breitet sich ein Lächeln auf seinem Gesicht aus. Er sieht aus wie der Teufel, der ein Geschäft machen will. „Du hast da etwas Zucker." Er deutet auf meine Wange. Ich reibe mir mit dem Handrücken über die Wange. Die Röte macht meine Haut so heiß, als hätte ich glühende Kohlen im Gesicht.

„Hier." Er hebt langsam die Hand und streicht mit dem Daumen über meine Wange. Er hält meinen Blick fest und leckt seinen Daumen ab. „Süß", sagt er.

„Danke", erwidere ich. Ich bin mir nicht sicher, warum sich mein Gehirn komplett verabschiedet hat. *Sag doch was!* „Also ... deine Tante mochte Espresso?"

„Mmm." Er sieht amüsiert aus, als wüsste er, dass ich nach etwas suche, um unser Gespräch fortzusetzen. „Aber nicht zum Frühstück. Sie mochte Tee – wie du. Jeden Morgen trank sie eine Tasse, und darin tauchte sie *un biscotto*. Einen Keks."

„Biscotti!" Ich strahle. Kekse, darüber kann ich reden. Kekse kenne ich. „Ich wollte ein paar davon für den Espresso machen. Und ..." Ich schnappe mir das Kochbuch. „Hier ist noch ein Keks-Rezept, das interessant aussieht." Ich blättere durch die mit Soße bespritzten Seiten, bis ich das richtige Rezept finde. „Schokolade und Haselnuss ..."

„Strazzate", sagt er gleichzeitig mit mir, während ich versuche, das italienische Wort auszusprechen, und es verpatze.

„Strazzate", wiederhole ich und versuche, das ‚R' zu rollen und dem Wort denselben melodischen Klang zu geben, den er ihm verliehen hat. „Es klingt köstlich."

Die Worte bleiben mir in der Kehle stecken, als ich ihn ansehe. Er lehnt sich jetzt über mich, die Hände auf der Arbeitsplatte zu beiden Seiten von mir, den Kopf dicht an meinem. Das Kochbuch befindet sich zwischen uns und drückt gegen meine Brüste. „Wenn du für mich *strazzate* machst", raunt er mir ins Ohr, während sich die Haare in meinem Nacken aufrichten, „werde ich dich heiraten."

Oje. Meine Hand zittert und ein lautes Reißen erklingt. „Oje", sage ich jetzt laut. Ich habe das Rezept komplett aus dem Buch gerissen. Ruhe in Frieden, Seite dreiundvierzig. Ich drehe mich langsam um, und er weicht zurück, um mir Platz zu machen – aber nicht viel. „Ich schätze, ich werde es jetzt ausprobieren müssen." Ich schwenke den abgerissenen Fetzen des Rezepts zwischen uns wie eine weiße Fahne zum Kapitulieren.

Royal sieht mich an, als wäre ich ein Keks, von dem er abbeißen will. „*Mia zia* hat mir gesagt, wenn ich jemals eine

Frau finde, die schön ist und *Strazzate* backt, sollte ich sie zu meiner Frau machen."

Ich rümpfe die Nase. „Das sind nicht sehr hohe Ansprüche, oder?"

Er gluckst. „Es ist schwieriger, eine solche Frau zu finden, als du vielleicht denkst."

„Nun, ich bin sicher, du wirst jemanden finden", zwitschere ich. „Es sind auch *sehr* spezifische Kriterien ... du könntest es in dein Dating-Profil schreiben."

Royal schüttelt den Kopf und nimmt mir vorsichtig das Rezept aus der Hand.

„Wenn du die machst, Leah, mache ich dich zu meiner Frau."

Oh, ich mag meinen Namen auf seiner Zunge.

„Das sollte nicht allzu schwer sein", flüstere ich.

Sein Lachen ist voll und dunkel. Meine Zehen kräuseln sich.

„Das wird ganz einfach sein. Ich brauche nur Schokolade, Mandeln ..."

Sein dunkler Schopf beugt sich dicht über mich. „Hast du Strega?", fragt er leise.

„Nein, aber ich könnte den Kräuterlikör bestellen ..."

„Ich werde dir welchen schicken lassen." Er hebt meine Hand und drückt einen Kuss darauf. „Bis morgen, *principessa*."

Er fegt hinter dem Tresen hervor. Meine Beine sind so schwach, ein Lufthauch, und ich läge mit den umgefallenen Bechern auf dem Boden.

Auf dem Weg nach draußen hält er inne, um etwas aus seiner eleganten schwarzen Brieftasche zu nehmen und es in das Trinkgeldglas zu werfen.

Dann ist er weg und lässt mich durch das Meer aus weißen Pappbechern zurück zum Tresen schlurfen.

Er hat einen Hunderter in die Trinkgeldkasse geworfen.

2

LEAH

AM NÄCHSTEN MORGEN weht mir noch vor fünf Uhr
morgens ein winterlicher Wind entgegen. Auf der Arbeitsplatte befindet sich eine Flasche Strega, die auf der zerrissenen Seite mit dem Rezept steht.

„Mr. Rossi?", rufe ich. „Haben Sie das hier vergessen?"

„Nein, ich dachte, du hättest ihn vergessen." Er schleicht
sich an Big Bernadette heran, wie ich die Espressomaschine
genannt habe, inspiriert von Royals Bemerkung „*Sie ist eine
Frau, oder?*". „Du hast die Maschine zum Laufen gebracht!"

„Ähm, irgendwie schon." Mit jeder Menge Hilfe eines
großartigen Kunden.

„Bald werden wir Geld drucken! Und sieh mal", er hält
das Trinkgeldglas hoch, „einhundertsiebzehn Dollar für
deinen College-Fonds." Er strahlt, bevor er nach hinten
verschwindet.

„Juhu." Ich hebe die herausgerissene Rezeptseite auf.
„*Strazzate.*" Ich probiere das Wort aus und imitiere die
lockere Aussprache von Royal.

Wenn du für mich Strazzate machst, sagte Royal, *werde ich dich heiraten.*

Ich lasse das Rezept mit einem Schaudern fallen. Irgendwie hat Royal mir eine Flasche Strega für das authentische Rezept besorgt. Entweder das oder kleine italienische Feen haben sie geliefert.

Ich wette, ich bekomme heute noch einen königlichen Besuch. Ich könnte die Kekse backen ... und ihm eine SMS schicken? Seine Visitenkarte brennt mir ein Loch in die Tasche, aber nach dem morgendlichen Ansturm habe ich meinen College-Kurs. Wenn ich ihm texte, weiß er, wann er kommen muss.

Das ist dann also der Plan. Ich stecke die Visitenkarte von Royal wieder in meine Tasche, wo sie mir bis zur vereinbarten Zeit Gesellschaft leisten wird. Mein Herz macht Luftsprünge, als ich mich wieder auf den Weg mache, um eine Ladung Zimtschnecken zu backen.

~

ROYAL

DIE KLEINE BÄCKERIN wuselt in dem kleinen Raum hinter dem Tresen herum, macht Espresso und füllt Bestellungen aus. Ab und zu denke ich, dass sie endlich aufschaut und sieht, dass ich sie durch die Fensterfront beobachte, aber das tut sie nie. Sie ist voll und ganz auf den Kunden vor ihr konzentriert und schenkt ihm hundertprozentig ihr aufrichtiges Lächeln.

„Du beobachtest sie schon wieder", murmelt Enzo in meinem Rücken. „Seit einem Jahr ist das jede Woche so. Sie merkt es nicht einmal."

„Kennt die Beute den Jäger?", murmle ich abwesend. Ich

hatte nicht erwartet, dass Leah mich gestern wiedererkennen würde. Schließlich war es ein Jahr her, dass ich ihren Arbeitsplatz das letzte Mal betreten hatte.

Enzo schüttelt den Kopf. „Das reicht jetzt."

Wenn es um Leah geht, werde ich nie genug bekommen. Sie hat mein Geschenk bekommen, aber sie hat mich weder angerufen noch mir eine SMS geschickt. Vielleicht ist sie zu beschäftigt.

Vielleicht hat sie Angst.

Enzo nimmt mein Schweigen als Zeichen, dass er weiter plaudern kann. „Frag sie einfach, ob sie mit dir ausgeht. Du weißt, dass sie Ja sagen wird." Er zündet sich eine Zigarette an.

Es juckt mich in den Fingern, selbst eine Zigarette zu rauchen, aber ich habe aufgehört. Neues Jahr, neues Ich. Meine Tante schaute mir in die Augen, als sie die Karten für mich legte. *Dies ist das Jahr, in dem du alles für dich beanspruchen kannst.*

„Ich date nicht."

„Dann frag sie direkt, ob sie ficken will." Enzo pustet den Rauch aus. „Dir hat noch nie eine Frau einen Korb gegeben." Sein Grinsen vergeht schnell, als ich mich umdrehe und er meinen Gesichtsausdruck sieht. Er hebt die Hände. „Nichts für ungut."

Ich wende mich wieder der Bäckerei zu. Heute sieht Leah müde aus, aber sie hat ihr Megawattlächeln auf einen Kunden gerichtet.

Wenn es um Leah geht, will ich kein Date. Ich will keinen Fick. Ich will so viel mehr. „Es geht nicht um einen Fick", sage ich. „Sie ist mein Schicksal."

Enzo rollt mit den Augen, aber er ist klug genug, um zu schweigen.

Sie verstehen es nicht, sagte *mia zia. Aber du schon.* Deshalb bin ich der Auserwählte.

„Das wird deinem Vater nicht gefallen."

Ich sage nichts. Die Vorlieben und Abneigungen meines Vaters spielen für mich keine Rolle. Schon seit langem nicht mehr. Wenn *la Famiglia* glaubt, dass sie mich durch ihn kontrollieren können, werden sie eine böse Überraschung erleben.

Enzo weiß das. Er versucht es noch einmal und sieht sich dabei demonstrativ um. „Stefanos hat Männer in der Nähe. Du weißt, dass er weiß, dass du hier bist. Er beobachtet dich."

„Und?"

„Das ist sein Gebiet. Er spielt den Netten, aus Respekt vor deinem Vater. Aber bald wird er einen Zug machen ..." Enzos Worte verklingen, als ich mich wieder der Bäckerei zuwende. Leahs Stirn wirft Falten. Ich stehe zu weit weg, als dass sie mich sehen könnte. Weiß sie, wie lange ich sie schon beobachte? Spürt sie es?

Es war ein Jahr des Beobachtens, des Wartens, des Aufstellens der Dominosteine. Bald wird es an der Zeit sein, einen umzuwerfen und sie alle fallen zu lassen.

„Hörst du mir zu, Royal?", fragt Enzo. Er ist mein Stellvertreter, aber er weiß nichts von den Plänen, die ich geschmiedet habe. Keiner weiß es.

„Nein", antworte ich. „Aber ich habe dich gehört. Stefanos mag es nicht, wenn ich hier herumhänge."

Enzo pafft schneller an seiner Zigarette. „Er wird etwas unternehmen."

Ich schiebe die Hände in die Taschen. „Dann wird es Zeit, dass wir unsere machen."

„Ernsthaft?" Enzo wirft die Zigarette in den Schnee. Ich schreite bereits davon.

„Ja. Heute", sage ich ihm. Bis heute Abend werde ich alles haben, was ich will. Mein Königreich, meinen Thron. Aber jeder König braucht eine Königin.

Dies ist das Jahr, in dem du alles für dich beanspruchen kannst. Angefangen bei ihr.

~

LEAH

DER HEUTIGE VORMITTAG ist eine einzige Katastrophe. Nichts läuft richtig. Ein Ofen geht kaputt, ein Timer schaltet sich nicht ein, und ich verbrenne eine Ladung Zitronen-Mohn-Muffins – und natürlich sind unsere besten Kunden alle enttäuscht, dass ihr Lieblingsessen nicht mehr vorrätig ist.

Der morgendliche Ansturm ist hektischer als sonst, aber Mrs. Rossi geht es so schlecht, dass Mr. Rossi alle halbe Stunde nach oben zu ihr muss, um zu helfen.

Dann kommt eine meiner ehemaligen Freundinnen aus der Highschool herein. Ich sage „ehemaligen", weil sich Piper nur wegen meines beliebten Freundes mit mir abgegeben hat. Bis er mit mir Schluss gemacht hat.

„Oh, Leah, du bist es", sagt sie. Ihr Rucksack und ihr Sweatshirt sind beide mit einem Princeton-Logo versehen. „Ich wusste nicht, dass du noch hier arbeitest." Sie wirft einen Blick auf die Speisekarte auf der Kreidetafel. „Ich nehme einen Grande Americano."

Falscher Schickimicki-Coffeeshop. Ich beiße mir auf die Zunge, bis sie schmerzt, um sie nicht anzufahren. Nachdem sie bezahlt hat, kippe ich normalen Kaffee in einen Becher mit normaler Größe – denn wir haben nur eine Größe. Zumal die meisten Amerikaner einen Filterkaffee nicht von einem verwässerten Espresso unterscheiden können.

Als ich Pipers Bestellung vor ihr abstelle, blickt sie von ihrem Telefon auf. „Hast du noch Kontakt zu Josh?"

„Nein."

„Er ist jetzt an der Empire University, richtig?" Sie verlagert ihr Gewicht und rückt ihren Princeton-Rucksack zurecht.

„Möglich." Mit seiner neuen Freundin.

„Bis dann." Piper nimmt den Becher und trabt davon. Ich stapfe nach hinten, um meinen Frust an den schmutzigen Backschüsseln in der Spüle auszulassen.

Mr. Rossi taucht in der Bäckerei auf. „Geht es dir gut, Leah?"

Ich schlucke eine scharfe Antwort hinunter. Es ist nicht Mr. Rossis Schuld, dass er den ganzen Morgen seiner Frau helfen musste und mich mit dem morgendlichen Ansturm allein gelassen hat. Es ist auch nicht seine Schuld, dass meine Ex-gute-Freundin Piper vorbeigekommen ist und mir das Gefühl gegeben hat, unbedeutend klein zu sein.

„Hier ist alles in Ordnung." Ich zwinge mich zu einem leichten Tonfall.

„*Sei un angelo.*" Der Stress fällt von Mr. Rossis Stimme ab. Der Zustand seiner Frau macht ihm zu schaffen. Er hat dunkle Ringe unter den Augen, aber er lächelt müde. „Ich habe nicht vergessen, dass du heute Unterricht hast. Cedella braucht mich noch, aber ich bin bald wieder unten, okay?"

„Okay." Ich presse meine Lippen zu etwas zusammen, das mehr Lächeln als Unzufriedenheit ausdrücken soll.

„Machst du die rosa Törtchen?"

„Nein", antworte ich misstrauisch. „Sollte ich?"

„Du machst sie immer zum Valentinstag."

Richtig, es ist bald Valentinstag. Der schlimmste Feiertag, der je von der amerikanischen Süßigkeiten- und Grußkartenindustrie erfunden wurde. Letztes Jahr hat mein Freund einen Tag vorher mit mir Schluss gemacht und kam am vierzehnten Februar vorbei, um Kaffee für sich und seine neue Freundin zu holen. „Rosa Muffins.

Richtig. Ich fange mit denen an, wenn ich zurückkomme, okay?"

„*Va bene*", sagt Mr. Rossi abwesend und verschwindet wieder aus der Bäckerei.

So viel dazu, heute *Strazzate* zu machen. Es ist ja nicht so, dass Royal zurückkommen würde, selbst wenn ich ihn anrufen würde.

Warum sollte er das wollen?

Happy Ends sind nichts für ein Mädchen wie mich.

∾

LEAH

AUF DEM RÜCKWEG vom Unterricht sind meine Stiefel wieder durchnässt. Ich muss sie wirklich ersetzen, aber ich muss auch meine Telefonrechnung und meine Miete bezahlen. Und dann sind da noch die Studiengebühren, die weit mehr als einhundertsiebzehn Dollar pro Semester betragen.

Warum mache ich mir überhaupt die Mühe, zu studieren? Ich werde fünfundsiebzig Jahre brauchen, um meinen Abschluss zu machen, und mehrere Leben lang, um die Schulden abzuzahlen.

Als die blassrosa Ladenfront in Sichtweite ist, versuche ich, meine Traurigkeit zu verdrängen. Warum fühle ich mich so? Es liegt nicht daran, dass ich Single bin. Es liegt nicht daran, dass ich in einer Bäckerei arbeite. Es liegt daran, dass, wenn ich die Teile meines Lebens zusammenzähle, die Gesamtsumme erbärmlich ist.

Wird mein Leben wirklich so verlaufen?

Ich bin so in Gedanken versunken, dass ich schon fast in der Bäckerei bin, als ich feststelle, dass das Schild

„Geschlossen" umgedreht und das Licht ausgeschaltet ist, aber die Tür halb aufgerissen steht.

Das ist seltsam. Vielleicht hat sich Mrs. Rossis Zustand verschlechtert, und Mr. Rossi wollte sich nicht mit Kunden herumschlagen.

Ich gehe hinein und schließe vorsichtig die Tür hinter mir, um die Hitze nicht nach außen dringen zu lassen. Etwas knirscht unter meinen billigen Stiefeln. Glas.

Ich drehe mich um und erschrecke. Die Vitrinen sind zerbrochen. Zerborstenes Glas bedeckt den Boden und die Arbeitsplatte. Glitzernde Scherben überziehen die restlichen Törtchen und Muffins. Big Bernadette liegt auf der Seite auf dem Boden, verbeult. Auf dem Boden hat sich Kaffee angesammelt, der wie schwarzes Blut aussieht.

„Mr. Rossi", rufe ich. Aus dem Küchenbereich ertönt ein leises Stöhnen. Ich fliege förmlich über das zerbrochene Glas nach hinten.

Mr. Rossi sitzt zusammengekauert in einer Ecke, umgeben von Töpfen, Pfannen und Schneebesen, die den Boden übersäen. Ich renne durch die Haufen von verschüttetem Mehl, um mich an seine Seite zu kauern.

„Leah", stöhnt er. Die Haut um seine Augen ist blau. Seine Wange ist rot und geschwollen. „Ich habe versucht, dich anzurufen", murmelt er durch geschwollene Lippen. „Ich wollte dir sagen, du sollst nicht herkommen."

„Langsam." Ich fasse ihn vorsichtig am Arm und helfe ihm, sich aufzusetzen, wobei er zusammenzuckt. Wir starren beide auf die Trümmer der Bäckerei. „Was ist passiert?"

„Stefanos ist gekommen."

„Stefanos? Wer ist Stefanos?" Wo habe ich diesen Namen schon einmal gehört?

„Er sagte, ich schulde ihm was."

„Was? Ich dachte, der Laden gehört dir."

„Nicht Miete. Schutz."

„Schutz", wiederhole ich. „Vor wem?"

„Von ihm. Ich sagte ihm, dass ich das Geld nicht habe. Sie haben kein Nein als Antwort akzeptiert."

„Pssst", murmle ich und streichle seine geprellte Hand. Er zuckt zusammen, und ich komme mir wie eine Idiotin vor. „Das wird schon wieder. Ich bringe Sie ins Krankenhaus und rufe dann die Polizei ..."

„Nein." Mr. Rossi ergreift meine Hand und drückt sie, trotz seiner blauen Flecken. „Kein Krankenhaus. Keine Polizei."

„Aber ..."

„Nein. Sie kommen zurück."

Kälte macht sich in meinem Inneren breit. Ich ignoriere es und sage zügig: „Ich helfe Ihnen auf die Beine, und dann setzen Sie sich in einen Stuhl. Ich kann Ihnen etwas Eis für Ihren Kopf besorgen ..."

„Nein. Keine Zeit. Sie wissen, dass sie oben ist." Sie. Mrs. Rossi. Bettlägerig. Dieser Stefanos und seine Leute haben alles verwüstet und Mr. Rossi verprügelt. *Sie kommen zurück.*

Mr. Rossi hustet und ergreift meine Hand fester. „Du musst mir einen Gefallen tun."

„Alles."

„Geh zum Safe." Er zeigt auf den Schrank, der hinter der Waschmaschine steht. „Jetzt." Er schubst mich. „Geh."

Ich wehre mich. „Sie brauchen einen Arzt."

„Ich will nicht, dass sie es erfährt."

„Sie wird es herausfinden", schnappe ich. Das ist ein Schlamassel. Ein Albtraum. „Gut." Ich stehe auf, gehe zum Schrank und öffne ihn, um den Safe zu öffnen. „Und was jetzt?"

„Die Kombination ist der 21. Juni 1989."

Mr. und Mrs. Rossis Hochzeitsdatum. Ich atme tief ein und drehe den Zähler, beginnend mit zwei, eins ...

Die Tür springt auf und gibt den Blick auf einen Haufen Bargeld frei.

„Nimm alles." Mr. Rossis Atem pfeift ein wenig. Hat er sich eine Rippe gebrochen?

„Aber das sind Ihre Ersparnisse", rufe ich. „Das war für Mrs. Rossis Behandlung." Mir stehen die Tränen in den Augen. „Das können Sie nicht tun."

„Ich muss es tun." Mr. Rossi würgt. Mehr Blut tröpfelt aus seiner Nase. „Bitte, Leah", sagt er. „Du musst es zu ihnen bringen. Und zwar schnell. Ich würde dich nicht darum bitten ..."

„Nein, nein, ich mache das schon." Ich stopfe das Geld in eine unserer weißen Bäckertüten aus Papier und stecke sie unter meinen Mantel.

Auf dem Weg zur Tür halte ich am Waschbecken an. Ich kann Mr. Rossi nicht einfach so zurücklassen.

„Hier." Ich drücke das feuchte Taschentuch auf seine Nase.

Er hebt eine zitternde Hand, um es zu halten. „Geh jetzt, Leah. Kennst du das Bürogebäude auf der anderen Seite des Brunnens?"

„Ja."

„Such nach Nummer achtzehn-acht-vier. Das ist das Büro." Seine Augen wirken wild, das Weiße leuchtet. „Bleib nicht stehen. Sag ihnen, es ist für das Rossi-Konto. Sag ihnen, es ist für Stefanos."

„Stefanos. Verstanden."

„Leah ... es tut mir leid." Einen Moment lang sieht er beschämt aus. „Ich hätte dich nicht fragen sollen ..."

„Es wird schon gut gehen", lüge ich.

Mein Atem gefriert in meinem Gesicht, als ich aus der Bäckerei stolpere. Die Glocke bimmelt, aber das Geräusch wird durch mein hektisches Keuchen gedämpft. Mr. Rossi ist da drin und wischt sein eigenes Blut auf. Kann er sich bewegen? Kann er laufen? Ich sollte zurückgehen und ihm helfen. Stattdessen husche ich an der Bushaltestelle vorbei und überquere die Straße, wobei ich mich um einen Haufen Schneematsch herum manövriere.

Ich spüre ein Stechen im Fuß, aber ich höre nicht auf zu marschieren. Mr. Rossi hat einen Springbrunnen erwähnt. Bis dahin sind es zehn, fünfzehn Minuten Fußweg.

Die Temperatur sinkt von Minute zu Minute. Der Himmel ist grau und kündigt einen neuen Schneefall an. Das Eis knirscht unter meinen Füßen. Mein dünner Mantel ist nicht warm genug. Ich brauche wirklich einen richtigen Wintermantel, aber ich konnte mir noch keinen leisten. Wenigstens habe ich meinen Schal und meine Fäustlinge. *Und einen Sack voller Geld.*

Ich halte meine Arme fest an den Seiten - so fest, dass mein schwacher Bizeps zu schmerzen beginnt. Ich Dummkopf habe nicht einmal daran gedacht, die Geldtüte in meine Handtasche zu stecken. Sie ist zu groß, um in eine meiner Manteltaschen zu passen. Die Leggings sind alt und abgenutzt und bequem, aber sie sind an meinen Oberschenkeln festgefroren, und in die Oberschenkeltaschen würde kaum eine Visitenkarte passen. Ich greife automatisch in die Taschen meines Mantels. In der rechten befinden sich mein Handy und das aus dem Kochbuch herausgerissene Strazzate-Rezept. In der anderen ... die Visitenkarte von Royal.

Stefanos. Von ihm habe ich den Namen schon mal gehört. Es ist der, den Royal erwähnt hat. *Das ist das Gebiet von Stefanos.* Stefanos, der Typ, der gerade Mr. Rossi niedergeschlagen hat. Der Typ, dem ich das Geld liefern soll.

Macht er Ihnen Probleme?, hatte Royal gefragt. Wusste er, dass etwas passieren würde? Aber wie sollte er?

Ich habe so oft an der Karte von Royal herumgefingert, dass sich der Rand zu kräuseln beginnt. *Wenn Sie irgend-*

welche Probleme haben, rufen Sie mich an. Meinte er eine Situation wie diese? War es etwa eine Warnung?

Mein Telefon ist tot. Deshalb habe ich auch keinen von Mr. Rossis Anrufen erhalten. Selbst wenn es funktionieren würde, würde ich Royal anrufen?

Was zum Teufel ist hier bloß los?

Meine Zähne klappern, und das nicht nur, weil es kalt ist. Sie klappern auch, wenn ich nervös bin. Wenn das Adrenalin durch meine Adern schießt. In meiner Pflegefamilie ging einmal mitten in der Nacht der Alarm los, und wir standen alle draußen auf dem Bürgersteig und warteten darauf, dass meine Pflegemutter den Alarm abstellte, damit er nicht mehr schrillte. Ich habe damals mit den Zähnen geklappert, obwohl es mitten im Sommer war.

Sie schlagen auch jetzt aufeinander. Mein Morgenkaffee und ein halber verbrannter Muffin schwappen in meinem Magen hin und her. Der Brunnen liegt vor mir und dahinter das Bürogebäude. Es ist grau und hässlich, gebaut in einem langweiligen Siebziger-Jahre-Architekturstil. Es ist jene Art von Ort, die von Buchhaltern und schlecht finanzierten Software-Start-ups genutzt wird. Nicht die Art von Ort, an dem ich einen Verbrecher suchen würde. *Die Banalität des Bösen, in der Tat.*

Es hilft nichts. Ich muss das Geld abliefern. Hoffentlich wird Stefanos die Zahlung annehmen, ohne Fragen zu stellen, und mich mit meinem Leben weitermachen lassen. Und auch Mr. Rossi in Ruhe lassen. Ich kann gleich zurückgehen und Mr. Rossi zu einem Arzt bringen. Aber das Geld für Mrs. Rossis Behandlungen, das Geld, das ich bei mir trage, wird dann trotzdem weg sein.

Ich gleite auf dem Eis aus und falle fast hin. Die weiße Tüte rutscht unter meinem Arm weg, klafft auf und grüne Schein blitzen hervor. Ich knalle auf die Knie und reiße sie zurück an die Brust. *Bitte, lass niemanden in der Nähe sein.*

Niemand, der sieht, wie ich wie eine Verrückte mit einem Sack voll Geld über den verschneiten Platz laufe und versuche, nicht wie eine ängstliche Drogenabhängige zu wirken, die sich mit ihrem Dealer trifft.

Ich knie noch immer, die Tüte mit beiden Händen an die Brust gepresst, als ein paar Meter vor mir zwei glänzende Leder-Brogues im Schnee auftauchen.

Ein Mann steht da, sein langer, dunkler Wollmantel sieht herrlich warm aus. Genau so einen Mantel brauche ich.

Der Duft von köstlichem Parfüm schlägt mir entgegen, und ich weiß, wer es ist, noch ehe ich in den eisigen Wind blinzeln und aufschauen kann. „Royal." Sein Name kommt mit einer Atemwolke heraus.

„Wohin gehst du, Kleines?"

„Ich mache nur eine Besorgung", platze ich heraus. „Für meinen Boss." Mein Blick schweift über den massiven Körper von Royal. Sind das Männer in dunklen Mänteln, die an der Tür mit der Aufschrift *1804* stehen?

Royal dreht seinen Kopf, um mir in die Augen zu blicken. Er presst die Lippen zusammen.

Er weiß es. Irgendwie weiß er genau, warum ich hier bin und was ich tue. Das muss doch offensichtlich sein, oder? Ich habe einen Sack voller Geld in der Hand.

Am Rand meiner Wimpern klebt Eis. Ich stehe auf und blinzle schnell. „Bitte. Ich muss das zu ihm bringen."

„Leah ..."

„Er kam in den Laden", plappere ich los.

Die Augen von Royal sind schwarz. „Stefanos."

Ich nicke.

Wir sind nicht mehr allein – die Mitarbeiter von Royal nähern sich dem Brunnen. Wieder einmal tragen sie alle schwarze Wollmäntel. Sie sehen sich so ähnlich, von ihren glänzenden Haaren bis zu den geröteten Wangen und den falkenartigen Nasen. Wie eine Reihe von Fotomodellen oder Cousins bei einem Familientreffen, die sich für ein Erinnerungsfoto aufstellen.

„Leah." Royal lenkt meine Aufmerksamkeit wieder auf ihn. Er kommt auf mich zu und zieht seine teuer aussehenden schwarzen Handschuhe aus. „Ich kann das erledigen. Lass mich das machen." Seine Augen haben wieder ein sanftes Braun. Seine Stimme ist die reine Sünde.

Er hält mir die Hand hin. Ich will ihm automatisch das geben, was ich in der Hand halte. Dann erinnere ich mich, was es ist. Das Geld. *Mehr Geld, als ich jemals in meinem Leben haben werde.*

„Was ist los?", fragt er. Seine Partner oder Cousins oder was auch immer beobachten uns. Ich trete ein wenig näher an Royal, nahe genug, dass die Wärme von ihm auf mein gefrorenes Gesicht ausstrahlt.

„Ich kenne dich nicht einmal", flüstere ich.

„Ich weiß", sagt er. „Das werde ich ändern." Er lehnt sich ein wenig zurück, gerade so weit, dass ich seine Wärme vermisse. Er schlüpft aus seinem Mantel, legt ihn mir um die Schultern und macht ihn zu. „Du solltest nicht bei diesem Wetter draußen sein."

Der Wind bläst heftiger. Der Schnee fällt in nassen Klumpen, verfängt sich an meinen Wimpern und schmilzt auf meinen Wangen, sodass meine Haut bitterlich taub wird.

„Was willst du von mir?" Ich bekomme die Worte kaum heraus, weil mein Kiefer eingefroren scheint.

„Ich will es in Ordnung bringen", erklärt er. *Ich bin gut darin, Dinge zu reparieren,* hatte er in der Bäckerei gesagt.

Und ich weiß nicht, was es ist: Die sanfte Dunkelheit seiner Augen, die Art, wie sich die Schneeflocken an seinen langen Wimpern verfangen, oder die Art, wie er in Hemdsärmeln dasteht und der Schnee seine Schultern bestäubt –

er hat seinen Mantel für mich ausgezogen. Schon wieder – und ich vertraue ihm.

Ich habe wieder das Gefühl, an einem Abgrund zu stehen und nach unten zu schauen. Aber anstatt schwindlig zu werden, spüre ich die Anwesenheit von Royal an meiner Seite. Und ich weiß, dass er mich nicht fallen lassen wird.

Umgeben von diesem unterschwelligen frischen Duft seines Parfüms, höre ich auf zu denken. Der Schnee überzieht sein schwarzes Haar. Er sieht zu schön aus, um echt zu sein. Aber er ist echt, und es fühlt sich richtig an, völlig natürlich, meine Hand zu heben und ihm die Tüte mit dem Geld zu überreichen.

Royal blinzelt nicht. Er schaut nicht einmal auf die Tüte. Mit einer Bewegung nimmt er sie mir ab und übergibt sie einem seiner Klone. Er schnippt mit den Fingern. „Kümmert euch darum", befiehlt er seinen Mitarbeitern, ohne den Blick von mir zu nehmen.

Die Jungs drehen sich gemeinsam um und gehen in Richtung Büro 1804.

„Was soll das bedeuten?", frage ich und schaue zu Royal hoch. „Was meinst du damit, dass sie sich darum *kümmern*?"

„Komm", antwortet er und drängt sich vor. „Lass uns dich aus der Kälte holen."

„Du meinst, ich soll *dich* aus der Kälte holen", sage ich, weil ich mir langsam Sorgen mache. Er ist ein großer, kräftiger Mann, aber hier draußen in einem Hemd in einem Schneesturm zu stehen, ist sicher schlecht für ihn, es sei denn, er hat eine Art Eisbären-DNA.

Royal lacht leise. Er geht mit mir – eigentlich flankiert er mich eher – und legt seinen Arm um meine Taille. Wir gehen in die entgegengesetzte Richtung als seine Mitarbeiter, zu einem großen schwarzen Escalade. Er öffnet die hintere Autotür, nimmt mich in die Arme und hebt mich von den Füßen. Im Auto ist es herrlich warm, und ich schmelze halb auf den beheizten Ledersitzen.

Die Tür knallt zu und der Duft von Royal erfüllt den Rücksitz. Sein großer Körper drängt sich auf meinen Platz. Ich schiebe meinen Hintern zurück, um Platz zu machen, als in der Ferne etwas kracht.

„Oh mein Gott." Ich zucke zusammen, meine Hände fliegen nach oben, um meinen Kopf zu schützen. Ich wohne in keiner guten Gegend und das Geräusch von Schüssen ist mir vertraut. Es ist etwas anderes als das Geräusch eines Autos mit Fehlzündung.

Royals Gesichtsausdruck ändert sich kein bisschen. Nach einem weiteren knatternden Schusswechsel im Bereich des Büros 1804 nickt er dem Fahrer zu – einem großen Kerl mit kahlgeschorenem Kopf, den ich bis jetzt nicht einmal bemerkt habe.

Weitere Schüsse knallen, als der Escalade vom Bordstein gleitet.

„Ist schon gut, Baby." Royal legt seinen Arm um mich. „Ich werde mich um dich kümmern."

Ich klappere wieder mit den Zähnen.

„Ziehen wir dir die aus." Er nimmt mir die Handschuhe ab und beginnt, meine steifen Finger zu massieren. „Wo ist dein Wintermantel?", schimpft er.

„Ich habe keinen." Die Heizungsdüsen des Autos blasen auf Hochtouren. Die Wärme lässt meine Haut kribbeln, als würde mein Körper aus seiner Taubheit erwachen. Es tut weh. Ich blinzle die plötzlich aufsteigenden Tränen zurück.

„Mein armer Engel", sagt er. *„Principessa mia."* Er drückt meine Hände an sich.

Der Escalade ist um eine Ecke gefahren. Der verschneite Platz, der Brunnen, das Büro 1804 – sie sind alle verschwunden. Mit jeder Sekunde, die verstreicht, wird mir wärmer. Erleichterung macht sich in mir breit.

„Was war das da hinten?", frage ich, bevor ich mich zurückhalten kann. „Die Schüsse."

„Stefanos gehört dieses Gebiet schon lange", antwortet Royal, ohne mit der Wimper zu zucken. „Er wird sich nicht kampflos geschlagen geben."

Ich ziehe mich auf dem Sitz zurück. Warum erzählt er mir das?

„Hab keine Angst, Prinzessin."

„Ich sollte dir deinen Mantel zurückgeben." Ich will mich aus dem Stoff winden und ihn von den Schultern gleiten lassen, aber er hält mich auf.

„Du bist immer noch eisig." Er zieht mir den Mantel wieder über die Schultern und drückt mich an seine Seite. „Du hast Schnee auf deinen Wangen. In deinem Haar." Seine Stimme hebt und senkt sich, lullt mich ein. Er streicht mit seiner Hand über meinen Kopf, und ich kann nicht anders, als mich in seine Handfläche zu lehnen. „Erinnert mich an Zucker." Er beugt sich vor und seine Lippen berühren meine. Ein Ruck durchfährt mich, und dann ein Hitzeschub, der mich besser wärmt als die schicke Sitzheizung.

Jetzt ist mir zu heiß. Mein Herz schlägt schneller, Röte breitet sich in meinem Gesicht aus, als hätte ich gerade in einen Ofen gestarrt.

„Wohin fahren wir?" Der Fahrer rast mit uns über eine Straße, die ich nicht kenne. Der Tag wird immer dunkler. Schwere graue Wolken bedecken den Himmel.

„Es kommt noch mehr Schnee", sagt Royal, ohne auf meine Frage zu antworten. „Du solltest nicht ohne Wintermantel unterwegs sein."

Das letzte Adrenalin verlässt meinen Körper, und mein Kopf sackt ab. Irgendetwas an seinem Duft und der Wärme seines Körpers machen mich schläfrig.

„Ich muss mich vergewissern, dass du in Sicherheit

bist", murmelt Royal über meinem Kopf. „Wir gehen zu mir nach Hause."

Meine Augenlider sind schwer, während ich nach vorne starre. Die Scheibenwischer machen Überstunden und schieben dicke Schneeklumpen weg.

Mein Kopf sinkt auf seine Schulter, und mit einem Ruck erwache ich aus meiner Benommenheit. Fast wäre ich auf ihm eingeschlafen. „Es tut mir so leid. Ich muss zurück zu Mr. Rossi."

„Ich schicke einen Arzt zu seinem Haus."

„Okay", entgegne ich, auch wenn ich ihm nicht glaube. Welcher echte Arzt würde einen Hausbesuch machen? „Hat ... hat Stefanos ihn verprügelt?"

„Ja." Royals Miene wird steinhart. „Oder einer seiner Männer."

Ich kuschle mich enger an ihn, obwohl ich eigentlich zu Tode erschrocken sein müsste. „Das gefällt mir nicht", flüstere ich.

„Ich weiß, *bella*. Aber du brauchst keine Angst zu haben. Ich werde nicht zulassen, dass dir etwas zustößt. Lass mich dafür sorgen, dass es dir gut geht."

„Okay."

Seine dunklen Augen funkeln. „Okay", flüstert er zurück.

Der plötzliche Wechsel von kalt zu heiß, der Adrenalinausstoß, der Duft von Royal – all das verbindet sich, und ich schlafe an sein schickes italienisches Hemd gelehnt ein.

Als ich aufwache, befinden wir uns in einer hügeligen Gegend außerhalb der Stadt. Hier gibt es viele Villen. Eine *Menge* davon. Riesige, bunt zusammengewürfelte Monstrositäten, die ohne Sinn und Verstand in den Berghang gebaut wurden. Wir kommen an einem Haus im Tudor-Stil mit riesigen weißen Marmorstatuen auf dem Rasen vorbei, dann an einem viktorianischen Haus mit verschnörkelten Lebkuchenverzierungen.

Wir lassen die McMansions hinter uns und fahren weiter einen Berg hinauf. Jetzt nimmt der Schneefall, der etwas nachgelassen hat, wieder an Geschwindigkeit zu. Der Fahrer muss sich wie in einer Art Videospiel fühlen, denn auf seiner Frontscheibe kleben weiße Flecken, die er immer schneller wegwischen muss.

Wir biegen in eine lange Einfahrt ein, die von einer dichten Zedernhecke gesäumt ist. Es ist eine Privatstraße, aber sie ist besser vom Schnee geräumt als die öffentliche Straße vor ihr. Der Geländewagen rollt gefühlt eine Meile lang zwischen den Hecken hindurch, dann biegen wir in eine große kreisförmige Einfahrt ein und halten vor einem echten Herrenhaus aus massivem Backstein an.

„Was ist das für ein Ort?", will ich wissen.

„Dies ist mein Zuhause. Komm." Und er zieht mich aus dem Geländewagen.

3

LEAH

ICH MUSS mich immer noch in einem traumähnlichen Zustand befinden, denn Royal führt mich vom Geländewagen ins Haus, ohne dass ich anfange zu zetern, auszuflippen oder mich auch nur zu sehr zu sorgen. Ich bin ziemlich beeindruckt von dem Haus, das eher wie ein Hotel für Milliardäre als ein Zuhause aussieht – ganz zu schweigen, dass es das Zuhause von einem jungen Mann wie Royal ist. Wie viel verdienen eigentlich die Models von Dolce & Gabbana?

Zu meiner Erleichterung betreten wir als Erstes die Küche. Sie ist riesig und warm, mit zahlreichen türkischen Teppichen auf den Holzböden. Sehr schick. Mit zwei Öfen ist sie größer als der Arbeitsbereich von Mr. Rossis Bäckerei. Und die mit Marmor verkleidete Insel ist größer als mein Bett.

„Das ist wunderschön", sage ich.

„Ich dachte mir, dass sie dir gefallen würde." Royal steht in der Tür und lehnt sich gegen den Rahmen. Er trägt immer noch sein langärmeliges weißes Hemd, das trotz des Schnees getrocknet ist. Sein Grübchen sieht man deutlich, als hätte er gelächelt, während er mich beim Anstarren seiner Küche beobachtet hat.

Ich schlüpfe aus seinem Mantel, falte ihn zusammen und lege ihn auf die Insel. Ohne die Wärme und den Duft der Wolle fühle ich mich ausgeliefert. Noch unsicherer, was ich tun soll.

„Bist du nervös?"

„Nein", lüge ich und verschränke meine Finger ineinander. „Ich frage mich, was ich hier mache."

„Ich sagte doch, ich will dich in Sicherheit wissen."

Die Frage liegt mir einen Moment auf der Zunge, bevor ich meinen Mut zusammennehme und ausspreche: „Woher weiß ich, dass ich bei dir sicher bin?"

„Glaubst du an das Schicksal?", fragt er.

Ich starre auf meine Finger. Irgendwie schon, aber ich will es nicht zugeben. „Nein."

„In Ordnung. Das wirst du aber noch." Er stößt sich vom Türrahmen ab und geht weiter in die Küche. „Möchtest du etwas zu trinken?"

„Gern."

„Einen Espresso vielleicht?" Jetzt weiß ich, dass er sich über mich amüsiert.

Ich verdrehe die Augen, woraufhin er lacht. Er öffnet einen Schrank und bringt eine Espressomaschine zum Vorschein, die wie ein Safe in die Wand eingebaut ist.

„*Un latte,* dann. Ich werde die Milch aufkochen." Er lässt seinen Finger über die Tasten tanzen, schaltet die Maschine ein und programmiert sie mit geübter Leichtigkeit. „Vertrau mir."

Vertrau mir. Aus irgendeinem Grund tue ich das – und nicht nur bei koffeinhaltigen Heißgetränken.

Die Maschine erledigt ihre Arbeit, anschließend stellt

Royal die winzige Tasse auf einer Untertasse auf die Insel neben mir. Aber er muss meine Unsicherheit erkennen, denn er kommt näher und drängt sich in meinen persönlichen Raum. Eine royale Invasion, aber ich empfinde es nicht als schlimm. Ich bin zu sehr damit beschäftigt, seine Schönheit und seinen Duft zu genießen.

Er legt einen Finger auf meine Lippen. Einen Moment lang reibt er nur über meine Unterlippe, als wäre er von ihrer Geschmeidigkeit fasziniert. Ich spüre seine Berührung bis hinunter zwischen meine Beine.

„Würdest du dich besser fühlen, wenn ich dich Mr. Rossi anrufen lasse?", murmelt er.

„Ja."

Er lässt seine Hand sinken. Ohne sich von mir zu entfernen, holt er sein Telefon heraus und wählt eine Nummer. Er hält es an mein Ohr und hält meinen Blick fest, während wir beide dem Klingeln lauschen.

„Hallo?"

Erleichterung rieselt mir über den Rücken, als ich die Stimme meines Chefs erkenne. „Mr. Rossi? Ich bin's, Leah - geht es Ihnen gut?"

„Ah, Leah. Ja. Es geht mir gut. Der Arzt ist hier. Er hat meine Wunden genäht. Jetzt sieht er sich Cedella an."

„Der Arzt ist da?", wiederhole ich, denn ich habe noch nie von einem Arzt gehört, der Hausbesuche macht.

„Ja. Er hat zuerst nach mir gesehen. Die Männer sind unten und putzen. Es ist ein Wunder."

„Männer? Welche Männer?"

Aber Mr. Rossi scheint das nicht zu hören. „Danke, Leah", sagt er eifrig, „für die Übergabe des Geldes."

Richtig, das Geld. Die Männer von Royal müssen es geliefert haben. *Danke,* sage ich lautlos zu Royal. Er hebt sein Kinn.

„Ich muss jetzt aufhören", sagt Mr. Rossi in zerstreuter

Eile. „Es wird schon alles gutgehen. Großer Sturm heute. Wir werden den Laden schließen, bis er vorbei ist. Ciao!"

„Ciao", erwidere ich, aber er hat bereits aufgelegt.

„Der Arzt war bei ihm zu Hause", sage ich, weil ich es nicht ganz glauben kann.

„Ich sagte doch, ich kümmere mich darum."

„Was passiert hier gerade?" Mein Anruf bei Mr. Rossi hat keine Erklärung geliefert.

„Stefanos hat zwar seinen Zug gemacht, aber ich war bereit. Womit ich nicht gerechnet hatte, war, dass er es auf die Bäckerei abgesehen hatte. Ich hatte schon vorher Männer positioniert, die sie beobachteten, aber ich hatte sie abberufen. Es tut mir leid, *principessa*. Ich habe dich enttäuscht."

Männer haben uns beobachtet? „Stefanos hat seinen Zug gemacht?", wiederhole ich.

„Das hat er. Aber du brauchst dir keine Sorgen mehr um ihn zu machen. Er wird weder dich noch sonst jemanden jemals wieder belästigen."

Ich starre in die kaffeeschwarzen Augen von Royal. Alles fügt sich zusammen, und ich weiß mehr, als mir lieb ist. „Warum erzählst du mir das?"

„Ich werde dir nichts verheimlichen, Leah. Nicht, wenn du mich fragst. Nicht, wenn du es wirklich wissen willst."

Ich blinzle ihn an. Es ist, als würde er eine Frage beantworten, die ich noch gar nicht gestellt habe.

„Das ist eine Menge." Ich hebe eine Hand zwischen uns, aber er hält sie fest. Seine Finger sind lang und so warm.

„Ich weiß, Leah. Aber du kannst mir vertrauen." Er führt meine Hand an seine Lippen und küsst meine Handfläche. Eine einfache Geste, aber eines der intimsten Dinge, die je jemand mit mir gemacht hat. Die Sanftheit seiner Lippen, die Ehrfurcht in seinen Augen ... irgendetwas geschieht hier.

Ich spüre es wieder in meinem Inneren, die seismische Verschiebung des Schicksals.

Ich schlucke. „Was passiert jetzt?"

„Jetzt bist du in Sicherheit. Wir werden den Sturm abwarten."

Ob er damit den Schneesturm draußen oder einen metaphorischen Mafiakrieg meint, weiß ich nicht.

Das wächst mir über den Kopf. Das ist verrückt, aber ich will mich nicht von Royal trennen. Niemals.

Glaubst du an das Schicksal?

Er berührt mein Gesicht nur mit den Fingerspitzen und streicht wieder mit seinen Lippen über meine. Ein leichter, oh, so federleichter Kuss. Als er sich zurückzieht, sind seine Augen dunkel und tief.

„*Bella*", haucht er und küsst mich erneut. „Du schmeckst so süß."

Seine Berührung stellt meine Welt auf den Kopf. Seine Lippen sind wie ein Schluck Strega, der mich wärmt. Ich schwanke und schnappe nach Luft. *Warum sollte er mich küssen? Was könnte er in mir sehen?* Ich versuche, den Kopf wegzudrehen, aber er hält mein Kinn fest. „Nein, mach den Mund für mich auf." Er neigt meinen Kopf, und ich lasse zu, dass er mich in einen tieferen Kuss verwickelt.

Meine Gedanken purzeln aus meinem Kopf. Wen kümmert es schon, warum jemand, der so schön wie dieser Mann ist, mich kleines Mädchen küsst? Ich werde den Moment genießen, bevor er seine Meinung ändert.

Ich stelle mich auf die Zehenspitzen und küsse ihn zurück. Meine Brüste prallen gegen seine Brust. Ich bin unbeholfen, aber begierig, und Royal scheint es zu genießen. Er stützt mich, mit seinen Händen auf meinen Hüften, dann neigt er seinen Kopf und lenkt den Kuss so, dass unsere Münder übereinandergleiten und seine Zunge tiefer eindringen kann. Die Bewegung zuckt bis in mein Innerstes.

Als der Kuss endet, zittere ich und bin nass. Royals Haare sind zerzaust - vielleicht habe ich meine Finger in der Hitze des Kusses in sie hineingeschoben, aber ansonsten sieht er so gut wie immer aus, während ich zittere und rot werde.

„Wow." Meine Stimme ist undeutlich, ich klinge betrunken.

Er lacht leise und streicht mit dem Daumen über meine Lippen. „Ich möchte dich schmecken, Prinzessin", sagt er. „Erlaubst du mir das?"

„Ja", entgegne ich langsam.

Er hebt mich hoch – ich liebe es, mit welcher Leichtigkeit er das tut – und marschiert durch ein riesiges Esszimmer in einen dunklen, mit Bücherregalen und Holzvertäfelung ausgekleideten Innenraum, wo er mich auf einen überbordend gepolsterten Sessel setzt. Er setzt sich auf den Schemel und zieht mir die hässlichen Stiefel aus.

„Deine Füße sind kalt", stellt er fest. Seine großen Hände umschließen meinen Fuß, massieren ihn, wärmen ihn. Meine Gedanken drehen sich in einer langsamen, trägen Schleife. Ich kann nicht glauben, dass ich mit dem *schönsten Mann, den ich je getroffen habe,* in einer *Villa sitze* und er mir eine *Fußmassage gibt.* Ist das ein Traum?

Er beugt sich vor, um mich erneut zu küssen, und ich empfange seine Lippen begierig. Seine Zunge wandert in meinen Mund, und meine Pussy krampft sich zusammen. Er nimmt mehr als nur eine Kostprobe.

Als er den Kuss unterbricht, keuchen wir beide. „Du riechst nach Lebkuchen", murmelt er. Seine Fingerknöchel streifen über die Rundung meiner Brüste, und mein Rücken wölbt sich, mein Körper bettelt nach mehr.

„*Mia zia* hat sie gemacht", fährt er fort und lässt seine Fingerknöchel sanft um meine Brustwarze kreisen. Selbst durch den Stoff meines Pullovers hindurch lässt mich die leichte Berührung schmerzen. „Die Kekse meiner Jugend. Sie bewahrte Kisten davon auf ihrer Treppe auf. Bevor die Gäste abreisten, stellte sie eine Dose zusammen, damit sie sie mitnahmen. *Biscotti, Caramelle ...*"

Visionen von Keksen tanzen in meinem Kopf, als Royal meinen Pullover zusammen mit meinem dünnen Cameo-Shirt hochschiebt. Meine rosa Bralette hält meine Brüste kaum zurück.

„Ja", haucht er. „Ich brauche eine Kostprobe."

Ich erzittere, und er hält inne. „Ist dir kalt?"

Ich schüttle den Kopf. Mir ist nicht kalt. Wärme knistert unter meiner Haut.

Er greift nach einer Fernbedienung neben mir und richtet sie auf den Kamin in der Ecke. Ein Klick auf den Knopf und die gasbetriebenen Flammen tanzen über die weißen Steine.

Royal kehrt zu mir zurück und zieht meine oberste Klamottenschicht ab, um meinen Bralette freizulegen. Seine Hände gleiten an den Seiten meiner Brüste entlang. Sein Daumen umkreist meine Brustwarze und zieht den Spitzenrand meiner Bralette nach unten. Er beugt seinen dunklen Kopf, und sein heißer Atem wärmt meinen Warzenhof. Mein Kopf kippt nach hinten. Seine Zunge streicht über meine Brustwarze, wechselt sich mit seinem Finger ab. Es gibt ein leichtes Zwicken, als er seine Zähne um meine Brustwarze legt und daran zupft. Mein ganzer Körper windet sich, reitet auf den Wellen all der Gefühle.

Seine Hände finden meine Hüften und ziehen meine schwarze Leggings herunter. Die Bewegung reißt mich mit nach unten. Ich liege rücklings auf dem Sessel, mein Haar ist wie dunkler Heiligenschein um mein Gesicht ausgebreitet. Als ich nach unten schaue, kniet Royal zwischen meinen Beinen. Seine langen, eleganten Finger zerren, aber meine Leggings sitzt fest.

„Hängst du sehr an denen?", fragt er.

Ich schüttle den Kopf und versuche, meinen Hintern zu heben, um ihm zu helfen. Statt weiterzuziehen, reißt er die Naht auf. Der Stoff löst sich unter seinen Händen auf, und er wirft die Fetzen weg. Meine Leggings war billig, aber verdammt. Es ist das erste Mal, dass ich Royal alles andere als perfekt kontrolliert sehe.

Jetzt ist meine Pussy in seiner Reichweite, nur geschützt durch ein Höschen mit rosa Törtchen darauf. Er studiert sie, als wäre ich eine Espressomaschine, die er auseinandernehmen und wieder zusammensetzen will. Als würde er überlegen, wie er mich zum Schnurren bringen kann.

Er streckt einen langen Finger aus und gleitet damit an meiner Muschi auf und ab. Seine Berührung durch mein Höschen lässt mich meine Zehen kräuseln.

Er krallt seine Finger in die Seiten meines Höschens. Ein Ruck, und er hat sie auch schon zerrissen.

„Ich kaufe dir neue", verspricht er.

Ich bin zu erregt, um zu protestieren. Ich hatte noch nie einen Mann, der mich so ansieht; einer, der meine Muschi anstarrt wie ein Verhungernder, der einen perfekten Pfirsich angeboten bekommt.

Er streicht mit dem Daumen auf und ab und sammelt die Säfte. Er neigt seinen Kopf auf seine vertraute Art und Weise und leckt meine Essenz von seinem Daumen ab. Ein Zittern geht durch meinen Unterleib.

Mein Kopf fällt zurück. Eine Schamesröte breitet sich bereits auf meiner Brust aus. Ich bin mir ziemlich sicher, dass ich gerade einen Mini-Orgasmus hatte. „Was machst du mit mir?", frage ich an die Decke gerichtet.

„Ich will dich schmecken. Und, *cara mia*, ich bekomme immer, was ich will." Er senkt seinen dunklen Kopf zwischen meine Beine. Seine Finger streichen über die empfindliche Haut oberhalb meines Knies. Er dreht seinen

Kopf, um die schwachen, glänzenden Dehnungsstreifen zu küssen, die ich seit der Pubertät, als ich meine Kurven bekam, an den Innenseiten meiner Oberschenkel habe. Er scheint von jedem einzelnen fasziniert zu sein. Seine Zunge gleitet an meinen seidigen Falten auf und ab, ein unglaubliches Gefühl. Feucht und wundervoll, das ist so viel besser als meine fummelnden Finger. Er umkreist meinen Kitzler und leckt dann wieder über meine Mitte.

Allzu bald krampft mein Körper sich zusammen. Meine Knie schließen sich automatisch, aber Royal hält sie offen, damit er weiter lecken kann – lange, beharrliche Zungenschläge, die das Beben in meinem Inneren verstärken, bis es mich zu zerreißen droht. Meine Oberschenkel spannen sich unter seinem Griff an. Er hält mich fest, und das peitscht meinen Höhepunkt in die Höhe. Mein Kopf rollt hin und her.

Schließlich vergeht die heiße Ekstase meines Orgasmus. Ich entspanne mich und lasse die Nachbeben durch mich hindurchfließen.

Nach ein paar letzten Zungenschlägen hebt Royal den Kopf. Sein Gesicht ist so dunkel und schön wie immer. Seine Lippen sind feucht. Er leckt sie ab.

„Das hat noch nie jemand bei mir gemacht", sage ich. Es ist wahr. Mein Ex-Freund hat das nie für mich getan. Ich habe auch nie einen Orgasmus mit ihm gehabt.

Royal legt seine Handfläche auf meine Muschi und reibt sie sanft. Seine Berührung erdet mich, auch wenn sie neue Erregung auslöst, die mich in die Höhe zu treiben droht.

„Das ist erst der Anfang", verkündet er.

4

ROYAL

„DAS WAR UNGLAUBLICH", seufzt Leah. Sie sitzt zusammengerollt auf dem Sessel. Mein eigener Schwanz drückt gegen meine Hose, aber ich zwinge mich, aufzustehen und einen warmen Waschlappen aus dem nächstgelegenen Bad zu holen. Ich kehre zurück und drücke ihn gegen ihre glitschig feuchte und erregte Muschi, reinige und beruhige sie gleichzeitig. Ich habe Pläne für ihre Pussy, und ich will sie in gutem Zustand halten.

So sehe ich grundsätzlich die Welt: Maschinen, die repariert werden müssen. Rohre und Gelenke und Schrauben, die zusammengefügt werden müssen, damit alles reibungslos funktioniert.

Vom ersten Moment an, als ich Leah sah, wusste ich, dass sie von meiner Betreuung profitieren könnte. Sie ist arm, überarbeitet, müde. Ohne Hoffnung und ohne Ausweg. Ich kann das alles ändern.

Und sie wird mich in Ordnung bringen. Sie ist das letzte Stück, das ich brauche, um vollständig zu sein.

„Erzähl mir mehr über dich", befehle ich, während ich sie reinige.

Sie blinzelt mich an, ihre langen schwarzen Wimpern umrahmen ihre unschuldigen Augen. „Was willst du wissen?"

„Alles."

„Warum?"

Ich streichle ihre Wange. Ist es zu früh, ihr zu sagen, warum? Dieses Haus ist jetzt ihr Zuhause. Mein Bett ist das einzige, in dem sie schlafen wird. Für den Rest ihres Lebens wird sie an meiner Seite sein.

Vielleicht ist es zu früh, ihr das alles zu sagen.

„Weil ich es wissen will", antworte ich stattdessen. Sie wird sich eher früher als später an meine Befehle gewöhnen müssen. Den größten Teil des Weges hat sie schon hinter sich. „Aber wenn du des Redens müde bist, gibt es andere Dinge, die wir tun können. Ich kann dir noch mehr zeigen."

Ihr Blick fällt auf die Beule in meiner Hose. Sie schluckt und leckt sich über die Lippen, und ich bin versucht, sie wieder zu nehmen. Ihr all die Dinge beizubringen, die ich ihr beibringen möchte. All das Vergnügen, das sie noch zu erforschen hat.

„Nein", sagt sie langsam und zögernd. „Ich werde dir alles erzählen."

„Gut." Ich hebe sie hoch und setze mich wieder in den Sessel, mit ihr auf dem Schoß. Ihre Lippen bewegen sich, aber sie protestiert nicht. Neben dem Sessel liegt eine Kaschmirdecke. Ich schüttele sie aus und lege sie ihr um. Sie sieht unglaublich aus, ihre dunkle Haut leuchtet im Schatten, ihre Kurven werden von weicher Wolle umfangen.

Ich warte einen Moment, falls sie ihre Stimme wiederfindet. Aber ich kann mich nur kurz zurückhalten und platze heraus: „Du bist so schön."

Sie blinzelt. Das Feuerlicht schimmert in ihren dunklen Locken.

„Ähm, danke." Sie neigt den Kopf.

Sie kann mit Komplimenten nichts anfangen. Daran muss ich noch arbeiten.

„Ich schätze, ich sollte dir sagen, dass ich keine Familie habe. Außer den Rossis."

Sie beißt sich auf die Lippe und ich streichle ihr Knie, fahre mit dem Finger über den Hautflecken, der unter der Decke hervorlugt, um sie zum Weiterreden zu ermutigen. „Das Paar, dem die *Panetteria* gehört?", frage ich.

„Genau. Sie kümmern sich auf ihre Weise um mich."

„Erzähl weiter."

„Meine Pflegefamilie sagte, ich könne einen Job haben. Ich war eines von mehreren Kindern, die sie aufnahmen. Es war laut und überfüllt, und so kam ich so oft wie möglich aus dem Haus." Sie zögert und sagt dann eilig, als wolle sie es schnell hinter sich bringen: „Mein Vater starb bei einem Unfall, als ich noch klein war, meine Mutter habe ich an den Krebs verloren, als ich fünfzehn war."

„Es tut mir leid, *principessa*." Ich streiche mit der Hand über ihre seidigen Locken. „Du hast gelitten."

„Es geht." Sie beißt sich wieder auf die Lippe. Ich berühre ihre Unterlippe, so wie ich es in der Küche getan habe, bewundere die Geschmeidigkeit und wie das Braun in ein zartes Rosa übergeht und dann wieder zurück. Sie hat eine kleine Lücke zwischen ihren Vorderzähnen. Das ist absolut bezaubernd.

„Ich hatte ein gutes Leben. Die Rossis sind sehr nett. Sie wollten mich sogar bei sich aufnehmen, mich bei ihnen leben lassen. Nur ..."

„Was ist passiert, Liebes?"

Sie rutscht unruhig in meinem Schoß hin und her. „Mrs. Rossi geht es nicht gut, und es bedeutet viel Arbeit, sich um sie zu kümmern. Sie dachten, es wäre besser, wenn ich in einer Pflegefamilie und in der Schule bleibe."

„Ist es auch das gewesen, was du wolltest?"

„Ich möchte, dass Mrs. Rossi wieder gesund wird."

Hmm. Das ist etwas, bei dem ich vielleicht helfen kann. „Kennst du ihre Diagnose?" Ich mache mir eine mentale Notiz, dass ich den Arzt später anrufen werde, um mich von ihm beraten zu lassen.

Jetzt ist da eine kleine Falte zwischen ihren Augenbrauen. Ich würde sie glätten, so wie ich es mit ihrer Unterlippe getan habe, aber ich möchte nicht die Aufmerksamkeit auf ihre Sorgen lenken. Stattdessen warte ich still. Es ist Ekstase und Qual zugleich, ihr Gewicht in diesem stillen, dunklen Raum auf meinem Schoß zu halten. Das Licht des Feuers spielt mit ihren perfekten Gesichtszügen.

Schließlich sagt sie: „Sie hat rheumatoide Arthritis. Sie ist sehr schnell fortgeschritten. Als sie zweiundvierzig wurde, konnte sie sich kaum noch bewegen. Sie sagte Mr. Rossi, er solle sich scheiden lassen, aber er wollte es nicht tun." Sie atmet heftig aus. „Warum erzähle ich dir das alles?"

„Weil ich dich gefragt habe. Und du es wolltest."

Sie sieht sich im Zimmer um, als würde sie es zum ersten Mal sehen. „Du hast mir alle Kleider vom Leib gerissen."

Ich stehe auf und hebe sie in meine Arme. Sie hat seidige braune Haut, wundervolle Haare und großartige Kurven. Der perfekte Armvoll. „Komm." Ich verlasse die Bibliothek und schreite die Treppe zu meinem Schlafzimmer hinauf. Ich möchte, dass sie sich wohlfühlt, und das bedeutet, dass ich ihrer Nervosität einen Schritt voraus sein muss. Es ist an der Zeit, Leah ihr neues Zuhause zu zeigen.

~

ROYAL TRÄGT mich eine große Treppe hinauf. Ich habe eine Decke und eine Bralette am Körper - und sonst nichts. Er hat den Rest meiner Kleidung zerrissen. Irgendwann werde ich mich damit auseinandersetzen müssen. Irgendwann später.

Ich bin immer noch ein wenig beschwipst. Orgasmus-Endorphine.

Royal steigt die Treppe hinauf, und wir kommen an einem Kronleuchter aus Kristall und Gold vorbei, der so groß ist wie ein Auto. „Wohnst nur du hier allein?"

„Das Personal hat heute frei." Er trägt mich einen langen Flur entlang, der mit goldgerahmten Gemälden geschmückt ist, die aussehen, als gehörten sie in ein Kunstmuseum. Am Ende des Flurs tritt er durch eine Doppeltür in ein dunkles Schlafzimmer, das fünfmal so groß ist wie meine winzige Wohnung. „Willst du dich waschen? Ich kann dir ein Bad einlassen." Er setzt mich ab, bleibt aber in meiner Nähe, was gut ist, denn ich bin unsicher auf den Beinen.

„Oder du kannst mich einfach nach Hause gehen lassen. Wenn ich mein Telefon aufladen kann, kann ich eine Mitfahrgelegenheit anrufen."

Die Augen von Royal verengen sich. Er geht zum Fenster und schiebt den dicken, samtenen Vorhang zur Seite. Die Luft jenseits des Glases ist eine bläulich-weiße Wand.

„Wir sind eingeschneit. Mein Fahrer hat für den Rest des Tages frei, aber wir sollten bald einen Schneepflug bekommen."

„Eingeschneit?"

„Mmmhmmm."

Ich kneife die Augen zusammen. „Du hast das geplant."

Seine Wange verzieht sich. „Du kannst mir zeigen, wie man *Strazzate* macht."

Er lässt den Vorhang fallen, und seine Gestalt ist wieder in Dunkelheit gehüllt.

„Hier." Er nimmt ein Kleidungsstück und hält es hoch. Es ist ein Morgenmantel aus Brokat, in Royal-Größe. „Du kannst später ein Bad nehmen."

Royal hat mich schon sauber gemacht, aber ich nehme mir einen Moment Zeit, um das riesige schwarze Marmorbad zu erkunden. Es gibt eine so riesige Dampfdusche, dass dort eine Orgie stattfinden könnte. Eine Badewanne für drei - oder einen langbeinigen Mafioso und ein kurviges Mädchen wie mich.

Ich komme in seinen Bademantel gehüllt heraus und wate durch den Saum, der sich zu meinen Füßen sammelt. Ich habe den Gürtel um meine Taille geknotet, und die Vorderseite fällt in ein tiefes V, das mein Dekolleté zur Geltung bringt.

Royal erstarrt bei meinem Anblick, und das nimmt meiner Nervosität die Schärfe. Ich habe seit Ewigkeiten Kurven, und er scheint von ihnen fasziniert zu sein.

Er winkt mir zu, und als ich vor ihm stehe, kniet er sich hin und steckt meine Füße in Hausschuhe. Anders als der Bademantel haben sie die perfekte Größe für meine kleinen Füße. Wahrscheinlich von einem anderen Übernachtungsgast. Royal hat wahrscheinlich jede Nacht eine andere Frau in seinem Bett.

Darüber werde ich nicht allzu intensiv nachdenken.

An der Wand steht ein Beistelltisch mit gerahmten Fotos, auf einem ist Royal mit einer umwerfenden, dunkeläugigen Frau zu erkennen. Sie ist groß und schlank, hat olivfarbene Haut und glattes braunes Haar. Royal und sie stehen Arm in Arm, sie in einem Ballkleid, er in einem Smoking. Als Paar passen sie hervorragend zusammen.

Mein Herz sinkt. Das ist diejenige, mit der Royal zusammen sein sollte. Jemand, der so schön und glamourös ist wie er.

Ich lege meine Hand auf meinen weichen Bauch und fühle mich ein wenig flau.

Royal sieht die Bewegung und interpretiert sie falsch. „Hast du Hunger?"

„Ein bisschen."

Seine dunklen Augen glänzen, als er mich an sich zieht. „Ich habe Verlangen", murmelt er in mein Ohr, als wäre es ein Geheimnis, „auf *un biscotto*." Einen Keks.

Ich kann Kekse machen. Ich atme tief ein. „Dann lass uns in die Küche gehen."

Sobald wir in der Küche sind, übernehmen meine Instinkte das Kommando. Royal mag der König seines Territoriums und seiner Burg sein, aber hier habe ich das Sagen.

„Ich brauche Mehl, Zucker, Backpulver, Salz, Eier, Butter oder Öl." Ich zähle die Dinge auf, während Royal mit einem amüsierten Gesichtsausdruck dasteht. Er weist mir den Weg zur Speisekammer und holt die Sachen, auf die ich zeige. „Hast du ein Sieb?"

„Ich habe keine Ahnung." Geduldig sieht er zu, wie ich in den riesigen Schränken seiner Küche herumstöbere. Es stellt sich heraus, dass er alles hat, was ich brauche, von einem Sieb bis hin zu zwei kompletten Sets von *Le Creuset*-Kochgeschirr, eines in Kirschrot, eines in Blaugrau. Sieben Sorten Kakao und drei Sorten Mandeln - roh, blanchiert und in der Schale.

Ich finde sogar einen Mini-Flambierbrenner zum Karamellisieren der Crème brûlée und einen doppelten Satz Puddingförmchen. Ich speichere diese Informationen für spätere Backsessions im Haus von Royal ab. Was lächerlich ist. Es wird kein später geben. Das ist nur ein verrückter One-Night-Stand. Ganz normal für einen so reichen und heißen Kerl wie Royal.

Wenn er sich an mir sattgesehen hat, kehre ich in mein kleines Leben zurück. Ich wünschte nur, seines wäre im Vergleich zu meinem nicht so glamourös. Es wird schwer sein, in meine übliche schäbige Umgebung zurückzukehren, auch wenn ich dort hingehöre.

„Wo ist mein Mantel?", frage ich hastig. Royal muss ihn weggelegt haben, während ich über das komplette Set von All-Clad-Töpfen und Pfannen schwärmte. Er verschwindet in einem Nebenraum der Küche und kommt mit meinem dünnen Mantel zurück.

„Wozu brauchst du ihn?", fragt er. Seine Stimme klingt sanft, aber sie hat etwas Scharfes an sich. „Ist dir kalt?"

„Nein." Ich krame in meiner Tasche und finde den zerrissenen Zettel, den ich vor gefühlt einer Ewigkeit dorthin gesteckt habe. „Ich brauche das." Ich lege das Rezept flach auf die Marmorinsel. „Ich brauche Strega."

Royal findet eine Flasche in einem Spirituosenschrank. Als er sie abstellt, hat er einen Gesichtsausdruck, der an Triumph grenzt. Er hat zwei Schnapsgläser dabei und füllt eines bis zum Rand.

Er nippt kurz an der Flüssigkeit, bevor er sie an meine Lippen setzt. „Probier mal." Sie brennt meine Kehle hinunter, hinterlässt einen Kräutergeschmack in meinem Mund und eine glühende Wärme in meinem Magen.

Ich finde den Atem, um zu sagen: „Gut."

Er schenkt den Rest des Glases ein und neigt seinen Kopf zu mir. „Nur ein kleiner Schluck", haucht er gegen meine Lippen. Diesmal beobachte ich sein Gesicht, während er mich küsst. Seine Augen sind geschlossen, lange Wimpern fächeln über seinen dunklen Wangen. Mit den

Lippen knabbert er zart an meinen, zupft und küsst, über-
redet mich wortlos, meinen Mund für ihn zu öffnen. Seine
Zunge berührt meine. Ein kleiner elektrischer Stoß durchfährt mich.

„Ist schon gut, *principessa*." Mit dem Daumen streichelt
er meine Wange und beruhigt mich. „Du bist so unschuldig,
Kleines."

Ich ziehe die Nase kraus. „Dann habe ich dich wohl
getäuscht."

Er grinst und beugt sich vor, um noch einmal zu kosten,
aber ich halte ihn entschlossen mit einer Hand auf. „Nicht
bevor ich mit dem Backen fertig bin."

Er könnte mich leicht überwältigen, aber er lässt sich
von mir zurückdrängen. Er lehnt mit verschränkten
Armen an einem Schrank und beobachtet mich. Er hat
seine Manschettenknöpfe abgenommen, aber er trägt
immer noch sein Anzughemd, dessen Ärmel hochgekrempelt sind und seine starken Unterarme zeigen. Ich bin
versucht, ihn mit dem Hacken von Mandeln oder dem
Abmessen von Kakao zu beauftragen, aber er ist so
hübsch, wie er dasteht.

„Wie lange lebst du schon hier?", frage ich, als ich den
Teig weitgehend fertiggestellt habe. Jetzt müssen die Kekse
nur noch in Form gerollt werden.

„Mein Vater hat dieses Haus vor einiger Zeit gekauft. Es
liegt in der Nähe unseres Gebiets."

„Du bist also hier aufgewachsen?"

„Ich bin im Alten Land aufgewachsen, bei meiner Tante.
Italienisch war meine erste Sprache. Das merkt man an der
Art, wie ich rede."

„Nicht an deinem Akzent", sage ich und teile den Teig in
zwei Hälften. Es ist einfacher, mit einem so attraktiven
Gegenüber zu reden, wenn meine Hände mit meiner Lieb-
lingsbeschäftigung abgelenkt sind. „Aber ja, von der Art

und Weise, wie du manchmal deine Sätze konstruierst. Und natürlich sprichst du Italienisch."

„Kennst du die Sprache?"

„Mr. Rossi sagt die ganze Zeit Dinge auf Italienisch."

Royal greift nach einem neu geformten Keks und ich schlage seine Hand weg. „Da ist rohes Ei im Teig."

Ein Lächeln umspielt seine Lippen, aber er lässt zu, dass ich ihn abwehre. Er bewegt sich um die Insel herum und stellt sich direkt hinter mich. Ich bin klein genug, dass er seine Arme seitlich von mir auf den Tresen stützen kann. Weder seine feine schwarze Hose noch der voluminöse Morgenmantel, den ich trage, verdecken die harte Spitze seines Schwanzes.

Ist das ein Nudelholz in deiner Tasche? Ich bin fast versucht zu fragen, aber ich backe weiter Kekse. Ich habe bereits sechs *Strazzate* geformt, als ein Finger leicht mit einer der Locken in meinem Nacken spielt. Ich ignoriere es, und auch die Art und Weise, wie Royals Schwanz fest gegen meinen Hintern gedrückt wird. Es ist fast ein Spiel.

„Dein Vater wohnt also hier?", frage ich.

„Nein. Nicht mehr. Keiner außer mir." Royal spielt weiter mit meinem Haar. Es fühlt sich an, als würde er eine Locke glätten und sie wieder an ihren Platz zurückfedern lassen.

Ich möchte noch mehr fragen, aber seine Berührung lässt meine Hände zittern. Unter dem Bademantel tropft meine nackte Muschi. Ich presse meine Schenkel zusammen, aber es hilft nicht.

Die letzte Reihe der Kekse ist ein ziemliches Durcheinander geworden.

„Mein Vater hat mich nie gebilligt", sagt Royal wie aus dem Nichts.

„Warum nicht?"

„Er war der Meinung, ich sei schwach. Unwürdig. Er

verstand nicht, wie mein Verstand funktionierte. Aber *mia zia* hat etwas in mir gesehen."

Ich bin fertig mit der Herstellung der *Strazzate*-Reihen. Ich tauche meine Finger in eine warme Schüssel mit Wasser und spüle sie ab.

Der warme Atem von Royal bläst gegen meinen Nacken. „Wie sich herausstellte, hatte mein Vater Unrecht und sie hatte Recht. Ich bin kurz davor, mein Schicksal zu erfüllen. Ich sehe die Teile des Puzzles, die vor mir liegen." Er streicht mit den Händen über den Tresen, als zeige er mir ein Bild auf dem zuckerbestäubten Marmor. „So funktioniert mein Verstand. Das Puzzle ist fast vollständig. Ich brauche nur noch ein Teil."

Royal versucht, mir etwas zu sagen, aber ich verstehe nicht, was. Ich drehe mich um, immer noch im Griff seiner Arme. Ich bin eingeklemmt zwischen der Insel und seinem starken Körper. „Royal, ich verstehe nicht, was hier los ist."

Er neigt den Kopf auf seine abschätzende Art. Sein Haar fällt ihm ins Gesicht, aber ansonsten könnte er genauso gut eine Statue sein, von einem Meisterbildhauer aus Marmor geschnitzt. „Meine Tante war so etwas wie eine Hexe. *Una bennedetta.* Kennst du dich mit sowas aus?"

Ich schüttle den Kopf.

„Sie hat eine kleine Gabe, die Gabe des Sehens. Die Gabe der Prophezeiung. Sie sagte: ‚Wenn du eine Frau triffst, die *le strazzate di matera* macht wie ich, musst du sie nehmen und heiraten.' Verstehst du es jetzt?"

Verstehe ich das? Die Worte - sicher, die verstehe ich. Aber was er mir damit sagen will? Ich habe nicht die geringste Ahnung. „Nein", flüstere ich.

„Mach dir keine Sorgen. Das wirst du." Er streift mir das Revers seines Bademantels über die Schulter. „Du bist wieder mit Zucker bedeckt."

Er senkt seinen Kopf und schließt seinen Mund über

meiner glatten Haut, unter dem Vorwand, den Zucker aufzuschlecken. Mein Kopf fällt nach hinten, sodass er vollen Zugang hat. Seine Zunge scheint einen direkten Draht zu meiner Muschi zu haben, egal wo sie mich berührt. Er leckt und saugt sich bis zu meinem Hals hoch und hält mich mit seiner Hand um meine Kehle fest. Ich hatte noch nie einen Kerl, der mich so beherrscht hat wie Royal. Ich hatte auch noch nie einen Mann, der sich so gut mit meinem Körper auskennt. Mein Ex hat sich kaum darum gekümmert, ob ich einen Orgasmus hatte. Royal scheint es zu seiner Lebensaufgabe gemacht zu haben.

Meine Augen sind schon halb geschlossen, als er den Kopf hebt.

„Süß", murmelt er.

Ich stelle mich auf die Zehenspitzen und ziehe seine Schultern nach unten, um ihn zu küssen, wobei ich den Puderzucker auf seinen Lippen schmecke. „Du auch."

„Nicht wirklich. Aber du bist süß genug für uns beide." Seine große Hand streicht über meine Brust. Die Lichter flackern und erlöschen. Eine Sekunde lang denke ich, es sei ein Trick meines Verstandes, ein weiterer eklektischer Schock von Royals Berührung, aber als ich blinzle, ist das Licht immer noch aus. Und der Ofen auch.

Es brummt wie in einem Maschinenraum, und das Licht geht wieder an.

„Die Generatoren sind angesprungen", sagt Royal. „Hier oben fällt während des Frosts oft ein Baum auf die Leitungen. Wir haben Strom für Monate."

Dieses Haus ist so besonders. Ein Generator und zwei Sets von Le Creuset? Ich könnte hier für immer bleiben.

Die Nacht hat das Küchenfenster verdunkelt. Ich kann kaum mehr als ein paar Meter weit sehen. „Es schneit immer noch", sage ich.

„Ja, es ist ein ordentlicher Schneesturm. Wir könnten für mehrere Tage im Haus festsitzen."

„Was ist mit den Rossis? Glaubst du, dass sie zurechtkommen?"

„Ich habe Männer, die den Laden bewachen. Sie werden sich um die Rossis kümmern. Ich werde sie mit Lebensmitteln und Wasser versorgen lassen. Und einen Generator, um sicherzustellen, dass sie Strom haben."

„Warum hast du Männer abgestellt, die den Laden beobachten?"

„Zum Schutz. Für den Fall, dass Stefanos' verbliebene Männer einen Zug machen. Es ist zwar unwahrscheinlich, aber ich gehe kein Risiko ein."

Ich denke darüber nach. „Die Männer, die geholfen haben, die Glasscherben zu beseitigen. Sind das die, die du geschickt hast?"

Er nickt.

„Warum tust du das? Uns zu helfen, meine ich." Es ergibt Sinn, dass er sein Gebiet erweitern will, aber all diese Arbeit, um eine kleine Bäckerei zu schützen? Scheint viel zu sein für einen One-Night-Stand. Aber ... was könnte das sonst sein?

„Ich sagte doch, ich bringe das in Ordnung." Er zuckt mit den Schultern und steckt die Hände in die Taschen. „Ich bringe es in Ordnung. Das ist es, was ich tue. Ich will dir helfen."

„Warum?"

„Es ist zu früh, um dir das zu sagen." Sein schöner Mund verzieht sich. „Wie wäre es, wenn ich es dir stattdessen zeige?"

Und so finde ich mich auf dem Rücken liegend auf dem großen Esstisch wieder. Royal sitzt in dem schicken Stuhl am Kopfende des Tisches und sieht aus wie der Herr seines Reiches. Er ist noch vollständig bekleidet, während ich nur seinen Bademantel und mein letztes verbliebenes Kleidungsstück trage - einen fadenscheinigen Bralette-BH.

Er reißt den Bademantel auseinander. Ich habe das Gefühl, dass es ihm gefällt, mich in seiner Kleidung zu sehen. Er spielt mit meiner Bralette und zieht sie unter meinen Brüsten herunter. Sein Daumen berührt meine Brustwarze, und das Gefühl zwischen meinen Beinen explodiert.

„Wir sollten auf die Kekse aufpassen", sage ich leise, auch wenn es mir eigentlich egal ist.

„Du hast einen Timer eingestellt", murmelt er. Mit seinen Daumen spreizt er meine Muschi auseinander und starrt sie frech an. „Mal sehen, wie oft du kommen kannst, bevor sie fertig sind."

Das klingt nach einem tollen Spiel.

Es ist ein wenig seltsam, auf dem Rücken auf einem Esstisch zu liegen, als wäre ich eine Mahlzeit, die vernascht werden soll, aber als Royal damit fertig ist, meine Innenschenkel zu küssen, macht er sich daran, meine Muschi zu lecken. Ein Festmahl, ohne Zweifel. Lange Zungenschläge wechseln sich ab mit hungrigen Knabbereien an meinen geschwollenen Schamlippen.

Ich komme innerhalb einer Minute, aber er hört nicht auf.

„Royal." Ich winde mich.

„Noch mal." Er drückt meine Beine auseinander. Ein Ruck geht durch mich, als er mich festhält.

„Sag mir, wenn du kurz davor bist", befiehlt er.

„Ich bin nah dran", keuche ich fast sofort. „Ich brauche ..."

Er hebt seinen Kopf. Seine Zunge verlässt meinen Kitzler, und sobald der Druck weg ist, ebbt mein sich aufbauender Höhepunkt ab. Meine ganze Muschi pulsiert.

„Nein", jammere ich.

Er hat mich reingelegt, der Mistkerl.

„Ich dachte, du wolltest sehen, wie oft ich kommen kann."

„Ich habe mich für ein neues Spiel entschieden."

Ich greife nach ihm, und er drückt mich wieder nach unten. Seine Finger streichen wieder über meine empfindlichen Stellen, sodass ich gegen die polierte Oberfläche des Esstisches sacke.

Er spielt mit meiner Muschi und massiert den sensiblen Bereich um meine Pofalte. Ich hebe meinen Kopf wieder, als sein Finger zu nahe heranfährt.

„Was machst du da?" Ich krampfe meinen Hintern zusammen. Meine Muskeln spannen sich an. Royal reibt weiter mein Poloch.

„Wie fühlt sich das an?", fragt er, wie ein Arzt, der die Reflexe testet.

Es fühlt sich erstaunlich an. Zu erstaunlich, für so eine unanständige Stelle. Hitze durchflutet mein Gesicht.

„Ich möchte etwas austesten", murmelt er. Ich will gerade nach seinem Kopf greifen und ihn wegschieben, als er sich herunterbeugt und seinen ganzen Mund auf meine Schamlippen legt. Seine Zunge stößt in meine klatschnasse Öffnung. Gleichzeitig taucht er seinen Finger in meinen Hintern. Mein Körper explodiert unter dem heftigen Orgasmus. Ich stampfe mit den Füßen und zittere. Noch ein paar Mal leckt er über meine Mitte, dann richtet er sich über mir auf, reißt seine Hose auf und entblößt seinen riesigen, prächtigen Schwanz. Seine Hände ziehen meine Hüften nach vorn, um seine zu treffen. Er reibt meine glitschige Spalte über seine imposante Länge, bevor er in mich eindringt.

Ich beuge mich zurück, mein Körper krümmt sich auf dem Tisch. Royals Hand landet auf meiner Brust, und ausnahmsweise ist sie hart. Er drückt meine Brust fest zusammen, während sein Schwanz die perfekte Stelle trifft. Mein Höhepunkt baut sich erneut auf.

Royal stützt sich mit den Armen auf dem Tisch ab, seine Stöße schieben mich die polierte Oberfläche hinauf. Sein Haar ist ihm ins Gesicht gefallen, seine Zähne sind gefletscht. Er ist wilder und außer Kontrolle, als ich ihn je gesehen habe.

Schließlich zieht er sich aus meiner klitschnassen Muschi zurück und packt meine Hüften, um mich festzuhalten.

Sein Sperma spritzt auf meinen weichen Bauch. Ich keuche, mein Körper wird von meinem letzten Höhepunkt überrollt. Royal lehnt sich über mich und hält meinen Blick fest, während ich unter den Nachbeben des Orgasmus zittere. Seine Finger wandern zu meinem Gesicht, gleiten über meine Nase, meine Brauen, meine Wangen und reiben schließlich über meine Unterlippe. Ich öffne meinen Mund und beiße sanft auf seinen Daumen. Ein Schauer durchfährt ihn.

Er zieht mich auf seinen Schoß. Ich strecke mich gegen seine Brust aus, während er seine Finger in sein Sperma taucht, es aufnimmt und es mir anbietet. Ich saugte die salzige Flüssigkeit von seinen Fingern.

„Braves Mädchen", murmelt er und ich presse meine Beine zusammen, bereit für einen weiteren Orgasmus.

In meinem Kopf dreht sich alles. Im Hintergrund ist ein Summen zu hören – ein langes, tiefes Geräusch wie eine verärgerte Hornisse. Die Zeitschaltuhr des Ofens.

Ich zucke zusammen. „Die Kekse!"

Royal schließt seine Arme um mich, seine Brust vibriert vor Lachen.

Ich schlage ihm auf den Arm. „Wie lange läuft der Timer schon?"

„Eine Weile." Er hält mich fest, als ich mich aufrappeln

will. „Entspann dich. Nachdem du den Timer eingestellt hast, habe ich den Ofen so programmiert, dass er sich ausschaltet."

„Sie könnten dennoch verbrannt sein. Ich muss nach-schauen."

„Später", knurrt er und nimmt mich in die Arme. „Ich bin noch nicht fertig mit dir."

5

LEAH

ROYAL TRÄGT mich die Treppe hinauf, zurück ins Schlafzimmer, in dem er mich auf das Bett legt. „Beweg dich nicht."

Ich folge den Anweisungen wie ein braves Mädchen und warte, während er im Bad verschwindet. Ich schiebe meine Brüste zurück in meine Bralette und richte die Riemen. Mein weicher Bauch ist klebrig von Royals Sperma. Ich fühle mich klein in diesem prächtigen Raum, wie eine zerzauste Puppe in einer edlen Fotostrecke in einem High-End-Wohnmagazin.

Royal kehrt zurück, und seine Augenbrauen ziehen sich bei meinem Anblick zusammen. Nach dem Orgasmus bin ich noch wackelig auf den Beinen, aber ich gleite auf die Füße und fummele an dem Bademantel, den er mir gegeben hat.

„Was?", frage ich und warte darauf, dass er mir sagt, dass er es sich anders überlegt hat und dass er, Schnee hin oder her, bereit ist, mich gehen zu lassen.

„Komm mit." Er streckt mir die Hand entgegen. Mein Fuß bleibt an der Falte des übergroßen Gewands hängen, und ich stolpere. Royal ist da und fängt mich mit einem Stirnrunzeln auf.

„*Spiacente*", entschuldigt er sich. „Ich sollte dir einen Bademantel in der richtigen Größe geben."

„Es ist okay. Ich mag ihn irgendwie."

Wir betreten das Badezimmer und meine Augen weiten sich. In der Dunkelheit leuchten Kerzen, jede einzelne angezündet, Kerze um Kerze am Rand einer Badewanne, die fast bis zum Rand mit dampfendem Wasser gefüllt ist. Die Luft ist warm von der Feuchtigkeit, die das Bad abgibt, und von der Menge der brennenden Kerzen.

„Was ist das?" Verwundert sauge ich die Luft ein.

„Ein Bad. Ich habe dich schmutzig gemacht, *principessa*. Jetzt werde ich dich sauber machen."

Er zieht mich in die Mitte des Raumes, bleibt dann stehen und dreht sich zu mir um. Er knöpft sein langärmeliges Hemd auf und zieht es aus, sodass er nur noch eine schwarze Hose und ein Unterhemd trägt, das seinen Bizeps freilegt. Seine Muskeln sind hart und geschmeidig, regelrecht zum Anhimmeln.

Er wirft sein Hemd auf den Marmorboden.

„Du solltest deine Kleidung nicht wegwerfen. Sie ist teuer."

„Mmm", brummt er und wendet sich mir mit Hunger in seinen dunklen Augen zu. Er sieht aus, als wolle er mich bei lebendigem Leib verschlingen. Mein Gesicht erwärmt sich, der Dampf, der vom Wasser aufsteigt, lässt meine Haut rot und hitzig werden.

Er zerrt den Bademantel von meinen Armen und lässt ihn zu meinen Füßen fallen. Er fingert an der Spitze meiner Bralette, als wolle er sie abreißen.

„Nicht", warne ich. „Ich mag diese Bralette."

„Ich kaufe dir eine neue."

„Du schuldest mir schon die Leggings", schimpfe ich und verschlucke mich an meinen Worten, als er sich sein Unterhemd auszieht und mir den Anblick seiner schlanken, gebräunten Muskeln bietet. Seine Haut ist ein paar Nuancen heller als meine, ein Olivbraun, das auf seine mediterrane Herkunft hinweist. Ich balle meine Hände zu Fäusten, bevor ich mit meinen Händen über ihn streiche. „Vergiss es", sage ich. „Du bist mir nichts schuldig."

„Nein?" Er winkelt seinen Körper an, posiert ein wenig. Er reizt mich.

„Nein." Ich wende meinen Blick von ihm ab. „Du hast schon so viel geholfen. Du musst mir nichts mehr kaufen."

„Was ist, wenn ich dir etwas kaufen will?"

Meine Reflexion in dem beschlagenen Spiegel zeigt eine gerunzelte Stirn. *Das ist nicht nachvollziehbar.* „Warum solltest du das tun wollen?"

„Ich kaufe gerne schöne Dinge." Er dreht mich mit dem Rücken zu ihm. Ich stehe direkt vor der Furche zwischen seinen glatten Brustmuskeln. Meine Gedanken stolpern ins Leere.

Er fährt mit dem Daumen an meinen Brüsten entlang und befummelt die Spitze.

„Ich möchte sie besitzen."

Er zieht mir das letzte Kleidungsstück aus, und ich lasse ihn gewähren und halte gehorsam meine Arme hoch.

Er beugt sich über mich und streicht mit den Lippen über meine Ohrmuschel. „Ich würde Zehntausende Dollar ausgeben, um dich einzukleiden, nur damit ich diesen Stoff dann wieder von deinem Körper reißen kann." Diese geflüsterten Worte rasen über meine Haut und lassen mich von innen heraus aufflammen. Meine Beine sind kurz davor, nachzugeben, als sich seine Arme um mich schließen. Er positioniert mich vor ihm, mit dem Gesicht zum Spiegel.

Ich lasse mich von ihm wie eine Puppe herumschieben und lehne mich zurück an seinen harten Körper, während er seine Hände über mich gleiten lässt. Er trägt immer noch seine Hose, aber der teure Stoff verdeckt nicht die stählerne Härte seines Schwanzes, der sich gegen meinen nackten Hintern drückt.

Der Atem von Royal wärmt meinen Nacken, während er seine Hände über meine Hüften und meinen weichen Bauch bewegt. Er umfasst meine Brüste und streichelt mit seinen Daumen über die empfindlichen Nippel. Meine Kurven füllen seine großen Handflächen aus, eine großzügige Handvoll ergießt sich über seinen Griff.

Er küsst meinen Hals, während ich auf unser Spiegelbild starre.

„Woran denkst du?", murmelt er.

„Ich bin sehr kurvig", sage ich.

„Du bist wunderschön." Seine Hand wandert zu meinem Hals, umschließt ihn und dreht meinen Kopf für seinen Kuss. „Öffne dich für mich, Leah."

Und das tue ich. Ich werde ihn alles mit mir machen lassen, was er will. Wenn wir nur eine Nacht zusammen haben, werde ich alles in mich aufsaugen, was ich kann.

Es wird nur allzu bald vorbei sein.

~

LEAH

ICH ERWACHE in der Dunkelheit und blinzle in die wohlige Wärme. Da ist ein großer, harter Körper, der sich an mich presst. *Royal.* Ich liege in seinem Bett. Auf der anderen Seite des dunklen Raums, hinter den Fensterscheiben, fällt leise Schnee.

Gestern Abend hat Royal mich gebadet. Auf meinen Wunsch hin ließ er mein Haar trocken, aber er wusch mich persönlich, indem er mit einem Waschlappen all meine Kurven nachfuhr. Ich hatte vielleicht noch einen oder zwei Mini-Orgasmen, nur weil er meine Weiblichkeit gründlich gewaschen hat.

Er holte mich aus der Wanne und trocknete mich mit der gleichen Gründlichkeit und Intensität ab, mit der er alles macht – vom Reparieren von Espressomaschinen bis hin zu Orgasmen. Dann nahm er mich mit ins Bett und machte mir klar, wie schön er mich findet.

Jetzt liege ich in seinem Bett und bin immer noch schläfrig. Ich ziehe mich etwas zurück, um mich zu entfernen, und Royals Griff wird sofort fester.

„Leah", murmelt er in meinem Nacken.

„Ich wollte dich nicht wecken", flüstere ich. „Ich sollte gehen." Ein One-Night-Stand dauert nur eine Nacht. Ich habe keinen Grund, enttäuscht zu sein.

„Es schneit. Du schläfst jetzt." Seine Stimme wird durch mein Haar gedämpft.

„Wie spät ist es?"

Mit einem leisen Knurren setzt er sich in Bewegung und dreht sich um, um auf die Uhr zu sehen. „Sechs Uhr morgens. Vierzehnter Februar."

Kein Wunder, dass ich aufgewacht bin. Jetzt ist die beste Zeit zum Backen.

Ich drücke gegen den harten Arm von Royal, aber er rührt sich nicht. „Ich muss an die Arbeit."

„Der Laden ist immer noch geschlossen", sagt er und klingt jetzt hellwach. „Nicht nur wegen des Schnees. Dein Chef will auch warten, bis der Laden repariert ist."

„Du hast mit ihm gesprochen?" Nach der letzten Runde Sex wurde ich ohnmächtig. Wahrscheinlich ist das erst ein paar Stunden her.

„Meine Männer haben mit ihm gesprochen."

„Geht es ihm gut? Und Cedella?"

„Beiden geht es gut. Wir können sie anrufen, wann immer du möchtest."

Ich lecke mir die Lippen. Früher oder später werde ich nach Hause zurückkehren müssen. Aber vielleicht kann ich die Fantasie noch ein wenig länger aufrechterhalten.

„Heute ist Valentinstag", sage ich, während ich mich an Royal schmiege.

Er massiert zärtlich meinen Nacken. „Hattest du Pläne?"

„Nicht wirklich." Ich würde Vanille-Cupcakes mit erdbeerrosa Glasur und Red-Velvet-Cupcakes mit dicker Frischkäseglasur backen.

„Keine Verabredung?"

„Nicht mehr, seit mein Ex mich vor einem Jahr abserviert hat. Am Tag vor dem Valentinstag." So konnte er das Mädchen, das er wirklich wollte, zu einem Date ausführen. „Seitdem bin ich allein."

„Nicht mehr." Royal küsst mich auf den Nacken, seine Lippen sind weich und süß. Es fühlt sich so gut an, dass ich meine Augen schließe.

„Irgendwann muss ich in mein Leben zurückkehren", sage ich mit bebender Stimme.

„Oder ... du könntest hier bei mir bleiben." Er rollt mich auf den Rücken und schiebt sich über mich, ein zufriedener Ausdruck liegt auf seinem Gesicht. „Ich habe viel zu bieten ... alles, was du dir wünschst. Bleib, bis ich dir alles gezeigt habe."

Ich bin nackt, und er ist es auch. Das ist sehr ablenkend. „Das ist lächerlich." Meine Stimme kommt keuchend heraus.

Er ist jetzt hellwach und drückt meine Beine auseinander. „Du kannst nicht weg. Wir sind eingeschneit." Sein

Schwanz wippt, als er auf mich herabschaut. „Sieht so aus, als würdest du noch ein bisschen länger hierbleiben."

„Anscheinend." Ich lecke mir über die Lippen und starre auf die dunkle Form seines Schwanzes.

„Komm her", fordert er und zieht mich mit sich hoch. Ich habe nicht einmal Zeit zu protestieren, bevor er mich auf seinen Schoß platziert. Ich sehe zu ihm auf, und er küsst mich, sein Mund gleitet über meinen Kiefer zu meinem Hals. Er streift mit den Zähnen über meine Haut und hält mich fest. Nur wir beide in einem Meer aus Decken, während draußen der Schnee dick und schwer fällt.

Er drückt mich zurück und wiegt mich in seinen starken Armen. Meine Nerven kribbeln, und ich lehne meinen Kopf zurück und lasse zu, dass er die Kurve meines Schlüsselbeins bis hinunter zu meinen Brüsten küsst. Dann beugt er mich zurück, leckt über meine linke Brust und zupft an meiner Brustwarze, bis sie eine feste Knospe ist.

„Warte, stopp", sage ich, als seine Hand zwischen meine Schenkel gleitet. Er hält inne, und sein Blick wandert meinen Körper hinauf und sieht mich durchdringend an.

„Was ist los?"

Meine Wangen werden heiß, als ich das sage, aber die Worte sprudeln nur so aus mir heraus. „Ich möchte sehen, wie du dich selbst befriedigst", sage ich.

Er macht ein amüsiertes Geräusch. „*Sí?*" Er rückt mich auf seinem Schoß zurecht. „Ist es das, was du willst?"

Ich nicke und rutsche von ihm herunter, lasse mich wieder in die Kissen fallen und stütze mich auf die Unterarme. Er hält mir seine Handfläche hin.

„Leck", befiehlt er und ich tue es. Ich lecke über seine Hand und bestreiche seine Haut mit meinem Speichel. „Gutes Mädchen." Er nimmt seinen Schwanz in die Hand. Er ist steinhart und erwartungsvoll, die Spitze ist so rot wie meine Wangen.

„Danach machen wir, was ich will", sagt er, „denn ich biete dir jetzt eine Show."

Mein Mund wird trocken, und ich nicke. Alles, um zu sehen, wie er sich selbst berührt, mir genau zeigt, wie er es mag.

„Weißt du, wie lange ich schon daran denke?", fragt er mich, während er seine Härte packt und sich sein Gesicht verfinstert. Sein Blick brennt auf meiner Haut, und ich will ihn nicht fragen, wie lange oder warum, weil ich zu sehr damit beschäftigt bin, seinen Anblick zu genießen; wie er mit durchgedrücktem Rücken und leicht gesenktem Kopf da sitzt, während er die Hand an seiner Länge auf und ab bewegt.

Meine Lippen öffnen sich leicht, während er zusieht, wie ich ihn beobachte. Das ist das Erotischste, was ich je in meinem Leben getan habe. Das feuchte Geräusch von seiner Hand auf seiner Haut lässt mein Geschlecht pulsieren. Meine Schenkel spannen sich an.

Ich will ihn in mir haben.

Ich glühe überall, und er stöhnt, spreizt seine Knie und stützt sich mit einer Hand neben mir auf dem Laken ab, während er sich selbst bearbeitet.

„Danach wirst du mir geben, was ich will." Seine Worte sind heiser und tief. Sein Blick verankert sich mit meinem, während seine Hand auf seinem Schwanz verharrt, seine Hüften zucken, als wolle er in seine Faust ficken. „Leg dich zurück, meine Schöne."

Ich gehorche und lehne mich zurück. Er spreizt mich, seine schweren Schenkel stützen sich auf beiden Seiten meines Körpers ab. Sein Schwanz wippt vor meinem Gesicht und mein Mund öffnet sich automatisch.

„Ist es das, was du willst?" Seine Stimme ist rau. „Ich habe dich erst gestern Abend gebadet. Habe dich sauber gemacht. Und jetzt willst du wieder schmutzig sein?"

Ich bin zu überwältigt, um mehr zu tun als zu wimmern. Meine Brüste heben sich.

Er streichelt sich jetzt schneller, neigt seinen Kopf zurück, gefangen in seiner eigenen Leidenschaft. „Leah", haucht er und kommt. Der Samen ergießt sich von der Spitze seines Schwanzes über meine üppigen Brüste und überzieht meine Haut mit silbernem Glanz.

Er beugt sich herunter, streicht mit seinem Finger über meine Brüste und gibt mir sein Sperma. Ich schürze meine Lippen und sauge kräftig an seinem Finger. Seine Augen sind jetzt schwarz.

„*Principessa mia.*" Er haucht die Worte wie ein Gebet, beugt sich vor, um eine Schublade zu öffnen, und holt zwei schwarze, seidene Stoffbahnen heraus. Er wirft mir einen Blick zu, der mir Angst einjagen sollte. Aber das tut er nicht.

„Jetzt", sagt er, „tun wir, was ich will."

Ich halte den Atem an, als er meine Knöchel nimmt und sie auseinandergespreizt fesselt. Dann lässt er sich zwischen meinen gefesselten Beinen nieder und leckt mich, bis ich ihn anflehe, aufzuhören.

～

Leah

DIE LAKEN RASCHELN, als ich aufwache und aus der Dunkelheit ins Bewusstsein zurückkehre. Meine Finger gleiten über das kühle Leinen und suchen die Wärme, an die ich mich langsam gewöhnt habe.

Nichts. Meine Hand greift ins Leere, und ich setze mich auf, wobei meine Locken aus dem Gesicht fallen.

Royal ist weg, und mein Herz zieht sich eiskalt und schmerzvoll in meiner Brust zusammen. Das Licht fällt in den Raum, grau und bewölkt. Ich schätze, der Sturm verfolgt uns immer noch und hält mich hier fest.

Der Stundenzeiger der Uhr auf dem Nachttisch steht auf zwei und erschrocken keuche ich auf. *Zwei Uhr nachmittags?* So lange habe ich seit Jahren nicht mehr geschlafen.

Ich muss aufstehen.

Als ich aus dem Bett steige, ist der Teppich weich unter meinen Füßen, und einen Moment lang möchte ich die Decken einfach nur so zerwühlt zurücklassen, als Erinnerung an eine epische Nacht und einen ebenso epischen Morgen – aber ich kann das nicht. Ich streiche stattdessen die Bettdecke glatt und schüttle die Kissen auf. Es wäre wirklich schändlich, alles so unordentlich zu lassen, denn dieses Schlafzimmer schöner als alles ist, was ich auf HGTV gesehen oder auf meinem Pinterest-Board gesammelt habe.

Wärme strahlt vom Boden ab und umschmeichelt meine Haut, und ich bin mir mehr als bewusst, dass ich nichts anhabe. Ich stehe nackt inmitten dieses Schreins aus purer Männlichkeit. Jeder könnte in diesem Moment hereinspazieren und meine bloßen Kurven betrachten. Ich schleiche durch den Raum und fühle mich wie ein Eindringling an diesem Ort, dem Zuhause von Royal.

Ich spähe zu den Schranktüren und frage mich, ob sich dahinter etwas für mich finden lässt. Selbst ein Hemd von Royal würde mir bis über die Oberschenkel reichen. Das wäre okay, um mich vorerst zu bedecken. Es wird schwierig sein, etwas zu finden, was ich auf dem Rückweg nach Hause anziehen kann. *Ähm, Royal, kannst du mir ein paar Klamotten kaufen, damit ich mit dem Bus fahren kann?*

Das nenne ich mal einen „Walk of Shame".

Ich schlinge meine Hände um die dunklen Onyx-Türgriffe und ziehe sie daran.

Vor mir flackern Lichter auf. Was ich für einen einfachen Schrank gehalten habe, ist fast fünf Meter tief und drei

Meter breit. Das ist allerdings noch nicht einmal die eigentliche Überraschung.

Mein Mund kappt vor Schreck auf, und mein Atem stockt mir in der Kehle. In diesem Schrank gibt es nicht ein einziges Stück Männerkleidung.

Auf der einen Seite befinden sich Regale mit Kleidern, die sorgfältig auf weißen Samtbügeln aufgehängt sind. Zartrosa Tüll, cremefarbene Seide, edelsteinbesetzte Samtkleider, alle fein säuberlich nach Länge und den Regenbogenfarben geordnet. Ich trete ein und hebe eine Hand, die Finger zittern, als ich vorsichtig ein Etikett umdrehe, das an einen Spaghettiträger geheftet ist.

„Oscar de la Renta", steht da und ich lasse es fallen, als hätte ich mich verbrannt. Ich greife nach dem nächsten Kleid und kann mein Erstaunen nicht unterdrücken. *Dolce & Gabbana*. Ich blättere durch die Etiketten. *The Row, Valentino, Zimmerman ...*

Das Blut schießt mir in den Kopf, als ich mich umdrehe. An der gegenüberliegenden Wand befinden sich geordnete Regale mit Reihen von sorgsam gefalteten Pullovern aus Kaschmir in leuchtenden Farben, die darauf warten, übergestreift und getragen zu werden.

Wessen Schrank ist das? Das Bild der schönen Frau, die neben Royal stand, schießt mir durch den Kopf. Sind das etwa ihre Sachen?

Die Schranktür schwingt mit einem Flüstern hinter mir zu. Ich wirble herum und erstarre. An der Rückwand der Tür hängt ein riesiges weißes Monstrum aus Tüll und Satin. Ein Hochzeitskleid.

Was soll der Scheiß?

Ich kotze gleich über den ganzen Plüschteppich. Royal hat eine Verlobte, und sie hat den schönsten Kleiderschrank, den ich je gesehen habe. Nie getragene Kleidung im Wert von Zehntausenden von Dollar, komplett mit Etiketten versehen.

Beruhige dich. Hol tief Luft. Es gibt viele wunderbare Dinge, die Royal zu mir gesagt hat.

Es gibt auch vieles, was er dir nicht sagt.

Ich muss von hier verschwinden.

Ich brauche etwas zum Anziehen. Benommen halte ich ein Hemd an meine nackte Brust. Es ist meine Größe. Plus-Size. Nicht für eine große, dünne italienische Barbie, sondern für ein kleines, kurviges Mädchen wie mich.

Mein Mund ist trocken wie die Wüste Gobi. Royals Freundin ... Verlobte ... hat meine Größe. *Ich schätze, er steht auf einen bestimmten Typ Frau.*

Ich greife nach einer Schublade und ziehe sie auf, in der Hoffnung, etwas Normales zu finden, vielleicht so was wie Unterwäsche von Target. Doch stattdessen liegt da ein Stapel allerbester Spitze und etwas, von dem ich schwören könnte, dass es ein Etikett mit der Aufschrift *Agent Provocateur* ziert. Wieder einmal in meiner Größe.

Mein Herzschlag geht durch die Decke. All die Dinge, die er gesagt hat, all die schönen Dinge, die er mir vermittelt hat ... Lügen.

Ich krame in den Schubladen, finde BH und Unterwäsche, die normal aussehen und nicht ein paar hundert Dollar wert zu sein scheint und schlüpfe schnell in einen schlichten Pullover und eine Jeans. Der Jeansstoff fühlt sich weich in meinen Fingern an, der Schnitt schmiegt sich an meine Kurven. Als ich mich umdrehe, betrachte ich mich in einem bodenlangen Spiegel, an dessen vergoldetem Rahmen entlang rosafarbene Metallblumen blühen.

Alles passt perfekt. Und es stößt das Messer nur noch tiefer in mein Herz.

Dies ist kein Märchen. Royal ist kein hübscher Prinz. Auch wenn er im Alleingang die Anzahl der Orgasmen, die ich in meinem Leben hatte, verdoppelt hat – und das in einer Nacht.

Ich greife nach einem Paar Winterstiefel, schwarzes Leder und genau meine Größe, und behalte sie in der Hand, während ich leise aus dem Schrank trete, und mich an die Schlafzimmertür heranschleiche. Sie steht einen Spalt offen und als ich einen Blick nach draußen werfe, ist niemand zu sehen. Erleichterung durchströmt mich. Es ist das Richtige, hier zu verschwinden. Es hatte ganz gewissen einen Grund, warum Royal nicht bei mir war, als ich aufgewacht bin. Das war ein One-Night-Stand, und es ist Zeit, ihn zu beenden.

Ich schleiche auf Socken den Flur hinunter und bleibe dabei auf dem dicken Teppich, damit der Boden nicht knarrt. Ich muss in die Küche, meinen Mantel holen. Eine Mitfahrgelegenheit anrufen – falls ich ein Ladegerät für mein Telefon finde. Vielleicht ist Royal nicht da, und ich kann meinen Walk of Shame ohne Publikum vollziehen.

Wir hatten eine magische Nacht, und jetzt ist sie vorbei. Was habe ich erwartet? Ich hatte noch nie Glück mit Männern, schon gar nicht am Valentinstag.

Als ich auf halbem Weg die Treppe hinunter bin und meine Brüste umklammere, damit sie in diesem neuen BH nicht wackeln, höre ich plötzlich leise, murmelnde Stimmen, die auf mich zukommen. Ich halte den Atem an und schleiche die letzten Stufen hinunter.

Eine Tür zu meiner Linken wird ein paar Zentimeter aufgestoßen, woraufhin ich mich an die Wand drücke und die beiden Personen in einem mit Bücherregalen ausgestatteten Arbeitszimmer beobachte.

Royal. Und ein anderer Typ, der ihm sehr ähnlich sieht. Einer der vielen Cousins.

Ich sollte mich an den Plan halten und mich weiter hinausschleichen, aber ein Blick auf das schöne Gesicht von

Royal im Profil lässt meine Füße auf dem Teppich festkleben.

Royal. Sein Gesicht verkörpert das Wort, königlich und perfekt. Allein sein Anblick lässt mich heiß werden, wenn ich mich an all die Dinge erinnere, die er mit mir gemacht hat. An all die Dinge, die er mich hat fühlen lassen. Oh Gott, ich glaube, ich muss mich gleich wieder übergeben.

„Spuck es aus, Enzo", befiehlt Royal, und ich springe vor Schreck beinahe in die Luft.

Der Mann, bei dem es sich um Enzo handeln muss, hört auf, mit einem Marmorbriefbeschwerer herumzufummeln und legt ihn zurück auf den Schreibtisch.

„Ich weiß, was du vorhast", sagt Enzo. „*La Famiglia* verlangt, dass du verheiratet bist, um den Thron zu erben. Wird sie es wirklich sein?"

Diese Worte fallen wie Billardkugeln zu Boden, schwer und hart, und sie lassen mein Herz zum Stillstand kommen. Eine Gänsehaut, die von meinem Kopf beginnend über meinen Körper rieselt, lässt mich fast frösteln. Ich knirsche mit den Zähnen, damit sie nicht klappern.

Es ist also wahr. Der kleine Teil von mir, der gehofft hat, dass er das Hochzeitskleid nur für eine Freundin in seinem Schlafzimmer aufbewahrt, stirbt. Er hat wirklich eine Verlobte.

Royal seufzt, wendet sich von Enzo ab und starrt in einen knisternden Kamin.

„Es gibt niemand anderen", sagt er. „Ich kann sonst niemanden haben." Er lehnt sich an den Kaminsims. Dort steht eine weitere Sammlung von Fotos in verschlungenen, polierten Silberrahmen. Sein Blick verweilt auf einem bestimmten Foto, und mein Herz setzt mehrmals vor Pein aus.

Ja, natürlich. Die schöne Frau auf dem Foto. Wer sonst würde an die Seite von Royal gehören?

Bittere Galle steigt mir die Kehle hoch. Ich bin so eine Idiotin. Ein Spielball. Etwas, das ihn beschäftigte, während er über seine bevorstehende Hochzeit mit Sophia Loren grübelte.

Und die Art, wie er es sagte. *Ich kann niemand anderen haben.* Er will niemanden außer ihr.

Zeit für mich zu gehen. Auf Zehenspitzen schleiche ich den Flur entlang, um die Küche und den Nebenraum, in dem sich mein Mantel befindet, zu finden. Der Plan, mein Handy aufzuladen und einen Fahrer zu rufen, ist längst vergessen. Ich muss hier raus, bevor Royal mich findet.

Ich schiebe meine Füße vorsichtig in die Stiefel und öffne die Tür. Der Wind peitscht mir ins Gesicht, zerrt an meinen Locken und verspricht einen frostigen Spaziergang. Vielleicht schaffe ich es bis zu einer Bushaltestelle, bevor ich erfriere. Aber nichts wird meine eingefrorene Seele wärmen, oder das vereiste Blut in meinen Adern flüssig machen.

Tränen steigen mir in die Augen und laufen ungehindert meine Wangen hinunter. Der Schnee knistert unter meinen Füßen, die oberste Schicht ist gefroren, die darunter liegende pulverig und rutschig.

Die Einfahrt ist seit dem Schneefall nicht mehr geräumt worden, aber ich schiebe meine Hände in meine Taschen. Ich werde es auf meinen eigenen Füßen hier herausschaffen, mit den zerfetzten Resten meines Stolzes, die mich wie ein Umhang umhüllen. Ich bin *nicht* sein Spielball. Und er kann nicht mit mir spielen, nicht mehr.

Ich schreite vorwärts, und keine zwanzig Meter weiter stößt mein Fuß gegen etwas unter dem Schnee. Ich falle hin und lande mit dem Gesicht im kalten Weiß. Der Schnee sticht mir in die Augen und vereist mein Haar. Einen Moment lang liege ich da und wünschte, ich wäre irgendwo anders. Niemand in der gesamten Weltgeschichte war jemals so erbärmlich wie ich.

„*Principessa*?" Diese seidig-schmelzende Schokoladen-stimme findet mich, und bevor ich mich auf die Seite drehen kann, um ihm einen ausgestreckten Mittelfinger zu zeigen, hat Royal seine Arme um mich gelegt.

Er hebt mich hoch, zieht mich aus dem Schnee, als wäre ich so leicht wie ein Schneeball. Ich bin zu durchnässt und erfroren, um zu protestieren. Viel zu sehr.

„Was glaubst du, was du da tust?" Ich versuche, schnip-pisch zu klingen, aber meine Zähne klappern.

„Was habe ich dir über den Mantel gesagt?", murmelt er zurück. Er presst mich an seine Brust, und ich schmiege mich an ihn. „Wie ich sehe, hast du ein paar Klamotten gefunden. Du siehst gut aus", sagt er leise, „aber es ist zu kalt für dich, um so draußen herumzulaufen."

Er schreitet den Weg zurück, den ich gekommen bin, und der Schnee knirscht unter seinen Schuhen.

Meine Hände ballen sich zu Fäusten, aber sie liegen nutzlos in meinem Schoß, seine Arme drücken meine gegen mich, sodass ich nichts tun kann, außer mich tragen zu lassen wie ein hilfloses Kätzchen.

„Ich gehe nicht zurück", lasse ich ihn wissen.

„Nein?" Ein amüsiertes Grollen ertönt aus Royals Brust, und er trägt mich die Treppe hinauf und zurück ins Haus. Er setzt mich in der großen Eingangshalle ab und schließt die Tür. Ich fühle mich etwa so groß wie ein Zwerg.

„Was hast du dir dabei gedacht, mit so wenigen Sachen rauszugehen?" Sorgsam zieht er mir den Mantel aus, obwohl ich mich wehre. „Du könntest dich erkälten. Ich sollte dich übers Knie legen." Er nimmt meine Hände zwischen seine und reibt sie, wie er es im SUV getan hat. Die Erinnerung daran trifft mich so hart, dass ich nicht mehr zu Atem komme. „Wenn du mit mir spazieren gehen willst, brauchst du nur zu fragen."

„Nein, ich bin weggelaufen, vor dir! Vor dir und deiner Verlobten", spuckte ich aus.

Royal zieht bei meinen Worten eine Augenbraue hoch.

„Verlobte?", wiederholt er, als wüsste er nicht, wovon ich spreche.

„Ich habe gehört, wie du mit Enzo gesprochen hast. Er sagte, du müsstest heiraten."

„Ah, ja." Royal richtet sich auf und blickt von seiner königlichen Höhe auf mich herab.

„Und ich habe einen Schrank voller Klamotten gefunden ..." Ich greife nach meiner Wut, und da ist sie auch schon. Ich zeige mit dem Finger auf seine Brust. „Genau dort in deinem Schlafzimmer. Frauenkleider. *Ihre* Kleider. Ich kann nicht glauben, dass du ..."

„Haben sie dir gepasst?", unterbricht er mich.

„Was?" Ich zögere, mein Finger wird schlaff.

„Haben die Kleider gepasst? Ich habe deine Größe angegeben."

Ich öffne meinen Mund, aber es kommt nichts heraus.

„Leah, die Kleider sind für dich." Seine Miene verfinstert sich. „Dachtest du, ich hätte sie für eine andere Frau hier?"

„Ja?" Das Bild des Hochzeitskleides blüht groß und weiß in meinem Kopf. War es auch in meiner Größe?

„Oh, *principessa*." Er hebt seine Hand, und ich zucke zurück, aber er streicht mir nur sanft mit dem Finger über die Wange. „Du musst noch viel lernen."

Ich schlucke einige Male, um meine Stimme zu finden. „Für mich?", quieke ich. All diese Kleider, die Dessous. „Du hast sie für mich besorgt?"

„Ich habe dir gesagt, dass ich dir das, was ich zerrissen habe, ersetzen werde."

Das hat er gesagt. „Ich dachte, du würdest mir einen Geschenkgutschein schicken."

Das nachsichtige Lächeln auf seinem Gesicht kehrt zurück. Er schüttelt leicht den Kopf.

Mein Gehirn hat einen Kurzschluss. „Aber das ist Kleidung im Wert von Zehntausenden von Dollar ..."

„Nicht weniger als das, was du verdienst." Er fasst mein Kinn leicht mit seinen Fingern und neigt den Kopf zu meinem Ohr. „Sollen wir später eine kleine Modenschau veranstalten? Du ziehst dich für mich um. Ich werde dich küssen und dir sagen, wie schön du in den Kleidern aussiehst, die ich dir gekauft habe. Und dann reiße ich sie dir vom Leib."

Ein lautes Wimmern entweicht mir, bevor ich es unterdrücken kann. Royal hebt den Kopf und lacht über meinen Gesichtsausdruck. *Ich würde Zehntausende Dollar ausgeben, um dich einzukleiden,* hat er mir gestern Abend gesagt. War das erst gestern Abend gewesen?

Es schwirren zu viele Gedanken in meinem Kopf herum. „Ich verstehe das alles nicht."

„Ich sehe, ich muss noch mehr erklären." Die Belustigung verschwindet aus seinem Gesicht, als hätte es sie nie gegeben. „Du warst heute Morgen eine fleißige kleine Biene. Hast allerdings die falschen Ideen gesammelt. Und du hast gelauscht." Er zeichnet die Linie meines Kiefers nach. Er stöhnt, aber in seinen Augen liegt ein gefährliches Glitzern. „Ich werde dir das abgewöhnen müssen. In meiner Welt kann es sehr gefährlich sein, den falschen Gesprächen zuzuhören."

Ich kann ihn nur anstarren.

„Es ist alles in Ordnung. Ich werde dich beschützen. Aber lass mich eines klarstellen." Er neigt den Kopf. „Ich werde heiraten ..." Seine Augen bohren sich in meine und verlangen, dass ich auf jedes Wort achte, das er sagt. „Und zwar dich. Du wirst meine Braut sein."

„W-was?" Meine Lippen öffnen sich, aber es kommen keine weiteren Worte heraus. Er streicht mit dem Daumen über meine Unterlippe und neckt mich. Mein Inneres bebt, und das hat nichts mit der Winterluft zu tun, die um uns herumwirbelt.

„Ich werde dir alles geben, *principessa*. Alles, was du willst. Du wirst mir treu sein und meine Kinder gebären. Ist es nicht das, was du dir vorgestellt hast?" Er beugt sich hinunter und küsst den Schock fort, das Aufflammen der Hitze seiner Lippen vertreibt die Kälte. Sein Mund liegt heiß und schwer auf meinem. Er fährt mit seiner Zunge die Spur seines Daumens nach.

Ich drücke mich an seine harte Brust. Mein Hauptrechner im Gehirn stürzt ab, und nichts ergibt noch einen Sinn, aber das ist egal, wenn Royal mich küsst.

Ich stelle mich auf die Zehenspitzen und verlange nach mehr, als er sich bereits zurückzieht. Seine Augen sind dunkel, schattenhaft, sein Mund zu einer dünnen, ernsten Linie verzogen.

„Aber zuerst", er zieht die Worte in die Länge und mir rutscht das Herz in die Hose, „musst du eine Lektion lernen. Meine Frau wird loyal und treu sein, immer. Hast du das verstanden?"

Ich blinzle.

„Loyalität bedeutet, nicht wegzulaufen. Treue bedeutet, Fragen zu stellen, statt zu vermuten. Es wird eine Strafe geben, weil du auf diese Weise gehen wolltest."

„Strafe?"

„Ja. Du hättest verletzt werden können." Er beugt sich hinunter und nimmt mich in seine Arme. „Wenn ich mit dir fertig bin, wirst du nicht mehr weglaufen."

6

LEAH

ROYAL TRÄGT mich in das dunkle Schlafzimmer und setzt mich auf dem Bett ab. Er mustert mich, als wolle er mich auf Schäden untersuchen, und seine Lippen pressen sich zu einer dünnen, unbeeindruckten Linie zusammen. Mein Magen schnürt sich immer weiter zusammen, ich hasse es, dass ich ihn enttäuscht habe.

„Das steht dir sehr gut", sagt er und fasst mit dem Finger an den Ärmel meines Pullovers. „Jetzt, da du weißt, dass er dir gehört, gefällt dir die Überraschung?" Sein Blick wandert hinüber zu den Schranktüren.

„Du kannst mich nicht mit schicken Klamotten kaufen", murmle ich, obwohl ein Teil von mir am liebsten in seinen Armen in Ohnmacht fallen würde.

Ich kaufe gerne schöne Dinge, hatte er mir erzählt. *Ich mag es, sie zu besitzen.*

Royal zieht mir den Pullover und die Stiefel aus, während ich mit meinen Gefühlen ringe. Gestern Abend konnte ich mich gehen lassen und mir sagen, dass es nur eine Nacht war. Aber jetzt?

„Royal, bitte." Ich packe ihn an den Schultern, als er meine Jeans aufknöpft. „Das ist verrückt. Wir haben uns doch gerade erst kennengelernt. Du kannst mir nicht all diese Dinge kaufen." Ich kann nicht einmal über den „Du wirst meine Braut"-Teil sprechen. Das ist zu verrückt.

„Nein?" Er ist wieder dabei, sich zu amüsieren. Er zieht mir die nasse Jeans aus und streicht mit seinen warmen Händen über meine eiskalten Beine, was, ehrlich gesagt, eine Erleichterung ist. Wieder einmal bin ich in dem dunklen Raum und dem köstlichen Duft von Royal gefangen und bereit, seinen Forderungen nachzugeben.

Aber ich kann nicht loslassen, wie ich es gestern Abend getan habe. Es würde zu viel für mich bedeuten. Diese Gefühle, die in meinem Herzen wachsen – sie überwältigen mich. Sie bringen mich dazu, weglaufen zu wollen.

Er scheint den Wechsel meiner Emotionen zu spüren und schüttelt den Kopf. „Das wirst du nicht", bekräftigt er und drückt mich zurück auf das Bett. „Ich werde es nicht zulassen."

„Was?"

„Denkst du, ich kenne dich nicht in- und auswendig?" Er streicht mein Lockengewirr zurück und verteilt mein Haar auf dem Kissen. „Du wirst nicht wieder weglaufen. Ich werde nie etwas anderes tun, als dich zu ehren, *principessa*. Aber zuerst ...", seine Stimme ist tief und rau, flüstert über meine Haut, „gibt es eine Strafe für dich, weil du versucht hast, wegzulaufen." Er küsst mein zartes Ohrläppchen und leckt darüber, sodass ich nach seinem Hemd greife, um ihn zu mir zu ziehen.

Er bäumt sich auf und ist außer meiner Reichweite. „Leg dich zurück."

Er wartet, bis ich gehorche, und wendet sich dann dem

Nachttisch zu, um in einer Schublade zu kramen. Beim Anblick der Krawatten in seinen Händen wird mein Mund trocken. Mein Körper erinnert sich daran, wie er mich gestern Abend gefesselt hat, und macht sich bereit für ihn. Adrenalin sprudelt in meinem Blutkreislauf. Mein Herz schlägt wie wild in meiner Brust.

„Gib mir deine Handgelenke." Er hat vier Seidenstreifen aus Stoff. Zwei für meine Handgelenke und zwei für meine Knöchel. Er fesselt mich so, wie er es wünscht, und zieht den BH, den ich trage, herunter, sodass der meine offenliegenden Brüste stützt. Ich trage immer noch das einfache Höschen. Wenn er mir dieses zerreißt, hat er wenigstens dafür bezahlt.

Er hat für einen ganzen Schrank voll davon bezahlt. Daran kann ich jetzt nicht denken.

Royal erhebt sich über mich und mustert mich wie ein König, der sein Eigentum betrachtet. Er streicht mit einem Finger über meinen weichen Bauch und schiebt seine Hand zwischen meine Beine. Seine Finger penetrieren meine Muschi. „Das gehört mir."

Oh. Mein. Gott.

„Sag es." Seine Augen sind dämonisch dunkel. Er streicht mit der Hand über mein Geschlecht und reibt es leicht. „Sag mir, Leah, wem das gehört."

„Dir?" Meine Stimme ist nur ein leises Keuchen.

„Mir." Ein verruchtes Grinsen umspielt seine Lippen. Er streichelt mich weiter.

„Royal ..."

„Pst, Kleines. Nicht mehr reden. Nur fühlen."

Meine Schenkel zittern. Seine Berührung ist leicht, zu leicht für mich, um zu kommen. Ich winde mich, will mehr Stimulation.

„Beweg dich nicht", befiehlt er und lässt mich los. Ich wimmere und wünsche mir seine Berührung zurück.

Er entfernt sich von mir und stellt sich in den Schatten neben das Bett. Er fummelt an etwas an seinem Ärmel herum - an seinen Manschettenknöpfen. Sie klirren, als er sie auf dem Nachttisch ablegt.

Er krempelt seine Ärmel hoch, wobei sein Blick meinen nicht verlässt. Als er seine Unterarme entblößt hat, hebt und senkt sich meine Brust so heftig, als wäre ich eine Treppe hinaufgelaufen.

„So ein braves Mädchen", murmelt er. „So gehorsam."

Ich weiß nicht, warum mich diese Worte erregen.

„Du siehst so schön aus, gefesselt und wartend. Ich könnte dich mit Haut und Haaren nehmen."

Oh bitte, ja.

„Aber zuerst musst du für deinen Fluchtversuch bestraft werden." Er geht zum Fußende des Bettes und lässt sich zwischen meinen gespreizten Beinen nieder. Er küsst meine zitternden Knie und legt seine Hände auf jedes einzelne, um mich festzuhalten. Ich könnte nicht entkommen, selbst wenn ich es wollte. Royals dunkles Haar kitzelt an der Innenseite meiner Oberschenkel, während er erst über die eine und dann über die andere Stelle leckt und das empfindliche Fleisch reizt. Seine Zunge findet jeden meiner Dehnungsstreifen und zeichnet sie nach. Ein Lecken, ein Kuss, nichts als Anbetung. Meine Muschi pocht, bereit für seinen Mund.

Heißer Atem trifft den Zwickel meines Höschens. „Du darfst nicht kommen, nicht bevor ich es dir erlaube", sagt er, und bevor ich auch nur eine Frage stellen oder protestieren kann, ist seine Zunge auf mir und leckt über den Slip. Der dünne Stoff lässt mich alles spüren, dämpft das Gefühl aber so sehr, dass ich nicht kommen kann. Ich wölbe meinen Rücken und dränge mich an seinen Mund. Ich greife nach den Fesseln, die mich am Bett fixieren, und halte mich fest, während Wellen der Ekstase mich überrollen und mir den

Atem rauben. Royal fährt mit den Händen meine Schenkel hinauf, hält mich offen für ihn, hält mich still für die Schläge seiner Zunge. Er drückt mich nach vorne, drängt mich näher und näher an den Abgrund.

Dann hebt er den Kopf.

„Nein!" Ich war so nah dran. Ich kneife meine Augen fest zusammen und unterdrücke das Wimmern, das mir in die Kehle steigt. Ich weiß, er wird keine Gnade zeigen, auch wenn ich darum bettele.

Das ist meine Strafe.

Ich muss sie annehmen.

„Willst du wieder weglaufen?" Seine Stimme ist ein leises Grollen, das mich durchdringt. Ich beiße mir auf die Lippe.

„Du lässt mich nicht kommen." Ich kann nichts dafür, wie gereizt ich klinge, und er grinst.

„Nein. Du kommst nicht, bevor ich es sage. Du läufst nicht weg, es sei denn, ich sage es dir. Du *gehörst* hierher, zu mir. Das ist Schicksal." Er schiebt den Zwickel zur Seite und senkt seinen Mund wieder auf meine Mitte. Mein ganzer Körper glüht unkontrolliert. Niemand kann meinen Körper so gut manipulieren. Nicht ich. Nicht mein Ex. Niemand. Nur Royal.

Meine Lust gerät außer Kontrolle. Meine inneren Muskeln verkrampfen sich und spannen sich um leere Luft am, krampfen um nichts. *Ich bin so nah dran.*

Kurz bevor ich den Höhepunkt erreiche, hebt er den Kopf und schaut zwischen meinen bebenden Schenkeln zu mir hoch.

„Tu es nicht", warnt er mich, und ich schlucke schwer, um zu verhindern, dass ich über die Klippe springe.

„Bitte", flehe ich leise und versuche, mich dafür zu entschuldigen, dass ich weggelaufen bin, dass ich überhaupt gedacht habe, ich könnte ihm entkommen.

Er streichelt die Innenseiten meiner Oberschenkel und reckt seinen Hals, um die Dehnungsstreifen auf meinem weichen Bauch zu küssen. „Du musst noch viel lernen, *cara mia*. Und ich werde es dir beibringen." Jetzt ist er aufgestanden und kuschelt sich an meine Brüste. „Du wirst mein braves Mädchen sein. Meine Frau. All das", er berührt meine Muschi, „gehört mir."

Mein Atem stockt. Meine Augen schließen sich automatisch.

„Sieh mich an, Leah."

Ich öffne meine Augen weit und begegne seinem dunklen Blick.

„Ich werde dir nie erlauben, daran zu zweifeln, wie schön du bist. Ich werde den Rest meines Lebens, jede einzelne wache Stunde, damit verbringen, dir zu zeigen, dass du ein Geschenk für die Welt bist."

Seine Handfläche wippt gegen meine Falten, reibt sanft. Zerstört alle meine Gedanken.

„Du bist perfekt. Und du gehörst mir."

Ich zerre an meinen Fesseln. Ich brauche mehr.

Aber er nimmt seine Hand weg. Er steht auf, seine Finger bewegen sich zu den Knöpfen seines Hemdes. Ich wimmere, als das weiße Leinen und das glatte Unterhemd zu Boden fallen. Seine nackte Brust ist muskulös und prächtig. Er öffnet mit den Daumen seine Hose, die samt Boxershorts zu Boden fällt. Ich habe ein paar kostbare Sekunden, um seinen perfekten Körper zu betrachten, bevor er auf das Bett klettert, zwischen meine Beine gleitet und seine schwere Gestalt über mich legt.

Er küsst mich, intensiv und eindringlich, die Zunge verlangt nach Zugang, der schwache, erdige Geschmack von mir selbst liegt auf seinen Lippen. Der Geschmack lässt meine Wangen heiß werden und erröten. Sein Schwanz liegt in seiner Hand. Er führt ihn zu meiner klatschnassen

Mitte und spreizt mich mit der Spitze. Er rammt sich in mich, und ich schreie auf. Sein Gesichtsausdruck ist gelassen, während er mich hart fickt, als ob er wüsste, dass wir genau jetzt hier sein würden, auf die Minute und die Sekunde genau.

Als hätte er gewusst, dass ich versuchen würde zu entkommen.

Und dass er mich erwischen würde.

„Du glaubst, du kannst vor mir weglaufen? Glaubst du, ich würde dich einfach gehen lassen? Das ist nicht die Art von Mann, die ich bin." Er presst seine Hüften an meine und füllt mich bis zum Rand aus. „Ich bin der Mann, der sich nimmt, was er will." Er reibt sich an mir. „Und ich will dich besitzen."

Oh. Mein. Gott.

„Du bist perfekt für mich. Ich habe die Perfektion gefunden, *cara*. Ich werde sie nicht aufgeben." Sein Atem stockt nicht einmal, als er seine Stöße beschleunigt. „Du gehörst mir, verstehst du?"

Das ist zu viel. Ich brauche ihn, ich muss kommen.

„Ja, ja, ja ..." Jedes Wort ist ein flehendes Flüstern und er küsst mich, dann zieht er seine Lippen hinunter zu meinem Ohr und atmet dort leise, während er sich tief in mir bewegt, was sich wie eine Ewigkeit anfühlt. Ich bin wie eine aufgezogene Harfensaite, bereit zu reißen.

„Du darfst kommen", sagt er und ein Schalter legt sich in meinem Körper um. Mein Leib wird hart durch einen Orgasmus durchgeschüttelt. Meine Knie umklammern seine Hüften, meine Nägel kratzen an meinen Fesseln. Er stöhnt eine halbe Sekunde nach mir, und seine Hüften hämmern wie eine Dampfwalze gegen meine, als er hart in mir kommt.

Meine Brust hebt sich so stark, dass es für uns beide reicht, und ich greife nach den Fesseln, die mich ans Bett fixieren. Warum fühle ich mich so sicher unter ihm? Warum fühlt es sich so richtig an?

„Braves Mädchen", murmelt er. „Das hast du so gut gemacht. Du bist perfekt für mich." Er küsst meine Stirn. Meine Augen fallen zu. Ich bin müde, und der Orgasmus hat wie ein Schlafmittel gewirkt und mich betäubt. Er steht auf, bindet mich los und legt mich wieder auf das Bett.

Die Laken und Decken umhüllen mich mit seiner Wärme und dem sanften Duft seines Parfüms. Hier gehöre ich hin, genau hier. Ich lasse mich treiben. Seine Hände zeichnen meine Kurven nach, aber ich bin zu müde, um schüchtern zu sein. Sein Daumen streichelt meinen Bauch. „Du kannst mich nicht verlassen, Leah. Du könntest mit meinem Kind schwanger sein." Seine Worte sind ruhig, aber ich höre einen Hauch von Zögern in seiner Stimme, von Erwartung. Das erregt mich. Meine Augenbrauen verziehen sich, mein von Sex geplagtes Gehirn versucht zu denken, aber Royal hat recht. Er hat sich nicht geschützt.

Du wirst mir treu sein und meine Kinder gebären.

„Ich war vorsichtig bei dir, aber jetzt nicht mehr", sagt er. „Ich weiß, dass du sauber bist."

Woher weiß er das? Ich fühle mich so benebelt, dass ich nicht einmal die Worte ausspreche.

„Und ich habe mich testen lassen", sagt Royal. „Ich bin auch sauber."

„Ich verstehe das nicht", murmle ich.

„Das wirst du. Dafür werde ich sorgen." Er küsst mich erneut, und sein Gemurmel folgt mir in den Schlaf. „Meine schöne Leah."

Leah

. . .

MEINE HAND FÜHLT SICH SCHWER AN. Das ist das erste Gefühl, das sich in meinem schlaftrunkenen Kopf einstellt. Ich reiße die Augen auf. Dann drehe ich meine Hand von der Stelle, wo sie auf dem Laken ruht, und Licht flammt in meine Augen.

An meinem Finger steckt ein Ring, der in dem sanften Sonnenlicht funkelt, das über das Bett fällt. Mein Mund klappt auf, mein Atem wird schneller. Der Hauptdarsteller ist ein riesiger Diamant im Prinzessinnenschliff, der mich blendet, wenn er das Licht auffängt. Er ist in Weißgold gefasst und von einem ganzen Kreis kleinerer Diamanten umgeben, so als ob ein Diamant nicht genug wäre. Der Hauptstein ist groß genug, um jemanden umzuhauen, wenn ich ihm eine Ohrfeige geben würde; also, wenn ich der gewalttätige Typ wäre.

Ich klettere aus dem Bett. Ich bin wieder allein. Royal hat mich für ein Nickerchen verlassen. Die Uhr zeigt fünf Uhr nachmittags. Royal arbeitet wahrscheinlich, kauft mir neue Kleider oder gibt der Welt unsere Verlobung bekannt. Wahrscheinlich dachte er, dass der Diamant an meinem Finger ihm das letzte Wort gewährt.

Und es ist ein ziemlich schlagkräftiges Argument. Genauso wie die schwachen roten Flecken an meinen Handgelenken und Knöcheln und der Schmerz zwischen meinen Beinen.

Du gehörst zu mir.

Ich habe ein wahnsinniges Verlangen, in Royals Küche zu rennen und zu backen. Ich habe heute noch nichts gegessen, stimmt's? Ich habe noch keinen Hunger verspürt, aber mein Magen wacht endlich auf.

Schokolade, das ist es, was ich brauche. Mit Schokolade wird alles besser.

Ich gehe zum Kleiderschrank, atme aus und versuche, aus den vielen schönen Kleidern ein Outfit auszuwählen. Der Ring blinkt mich bei jeder Bewegung meiner Hand an. Ich habe ein flaues Gefühl im Magen, eine Mischung aus Aufregung und Sorge. Verärgerung darüber, wie anmaßend er war, mir einen Ring anzustecken, während ich geschlafen habe. Nervosität, weil ich nicht weiß, wie ich mich aus dieser Situation herausreden soll. Ein mulmiges Gefühl, weil es mir das Herz brechen wird, wenn ich mich aus der Sache herausreden kann.

Ich stöbere in den Pullovern und suche mir einen in Candy-Lila aus, an dessen Ärmeln regenbogenfarbene Fäden herunterlaufen. Außerdem schnappe ich mir eine schwarze Yogahose, denn wenn ich Royal vorwerfen will, dass er mir einen Diamanten in der Größe eines Tischtennisballs auf die Hand getackert hat, muss ich bereit sein, mich zu wehren.

Ich stürme wie ein Tornado in das Büro von Royal, und er dreht sich in seinem Stuhl um.

Sein Gesicht wirkt weicher, als er mich erkennt, aber bevor er sich erheben kann, zeige ich mit dem Finger anklagend auf ihn.

„Du", sage ich. Seine Augenbrauen ziehen sich nach oben und seine Lippen zucken, als ob er ein Grinsen verbergen würde.

„Ich?" Er schaut sich in dem leeren Raum um, sein Gesichtsausdruck ist verspielt. Ich mag jede Seite von Royal. Der beschützende Royal. Gefährlicher Royal. Zärtlicher Royal. Der absolut sexy Royal. Völlig kontrollierter Royal. Und diesen hier: Den verspielten Royal.

Bei einem unbedeutenden Mann wäre sein Lächeln bloß ein dämliches Zahnpasta-Grinsen. Bei ihm ist es einfach attraktiv und bringt mein Inneres zum Schmelzen.

„Hast du auch nur eine Minute lang gedacht, dass ich

für den Antrag wach sein möchte?", frage ich und fuchtele mit der Hand in der Luft herum.

Sein Blick wird weich und warm. „Ich konnte nicht riskieren, dass du wieder wegläufst. Da ist ein Peilsender drin."

„Peilsender?", krächze ich, als ich meine Stimme wiederfinde.

„Oh ja", murmelt er. „Du wirst mir nicht mehr entkommen."

Ich lege eine Hand an die Stirn und der Diamant klimpert gegen meinen Kopf.

„Leah." Er streckt gebieterisch seine Hand aus. „Komm her."

Meine Beine bewegen sich, bevor ich sie aufhalten kann. Ich durchquere den Raum und er zieht mich an sich.

„Braves Mädchen", haucht er, schließt mich in seine Arme und küsst mich. „Alles Gute zum Valentinstag." Er lässt sich in einen großen Ledersessel sinken und dreht mich so, dass ich seitlich auf seinem Schoß sitze. Wir starren beide auf meinen Ringfinger und den Diamanten, der uns zuzwinkert. „Ich habe dir gesagt, dass du nicht mehr allein sein wirst."

Da, wo mein Gehirn war, findet eine Explosion statt. „Royal, bitte. Ich brauche Antworten."

„Heute ist dein Verlobungstag, also werde ich dich und deine Theorien aufklären."

„Ich habe keine Theorien, ich habe Fragen", antworte ich, während sich mein ängstliches Flattern etwas beruhigt. Er ist jetzt ganz entspannt, diese ruhige Zeit ist nur für uns beide. Er trägt wieder sein übliches Outfit, ein knackiges Hemd und eine schwarze Hose. Seine Ärmel sind hochgekrempelt, sodass seine kräftigen Unterarme zum Vorschein kommen. Ich möchte mit meinen Fingern die Länge seiner Muskeln nachzeichnen, die dunklen Haare zerzausen.

„Frag, was immer du willst", sagt er und hebt meine Finger an seine Lippen. Er küsst sanft meine Handfläche und ich ziehe sie weg. Ich werde mich nicht ablenken lassen. Nicht jetzt.

„Du sagst, du willst mich heiraten ..." Ich halte inne, weil es so unglaublich ist, allein das Wort laut auszusprechen.

„Ich werde dich heiraten."

Okay. Ich schlucke. „Was wird man von mir als deine Frau erwarten?"

„Backe für mich, nackt."

Ich rolle mit den Augen.

„Ich meine es ernst, Baby. Du tust, was immer du tun willst, solange du die Nächte mit mir verbringst", antwortet er und küsst wieder meine Hand. „Deine Nächte gehören mir."

Das löst in meinem Hinterkopf gedämpfte Alarmglocken aus.

Was ist mit seinen Tagen? Wenn er sich nicht um meine Tage kümmert, wo verbringt er dann *seine* Tage? Mit schönen Frauen? Mein Herz fühlt sich bereits an, als würde es zerspringen, und ich muss aufgehört haben zu atmen, weil er mich sanft mit seinen Fingern streichelt.

„Leah?", fragt er mit besorgter Miene.

„Ich bin ..." Woher soll ich wissen, dass er mir gehört? Mein Blick wandert an ihm vorbei zum Kaminsims, zu der Sammlung von schweren, polierten Silberrahmen. Ganz vorne steht ein Bild von Royal mit einer dunkeläugigen Schönheit. Das ist die Art von Frau, mit der er zusammen sein sollte. Sie ist selbstsicher und schön. Es gibt mehr als ein Foto von ihm und ihr – einige in einer Gruppe, eines von ihr und ihm allein. Auf jedem Bild sehen sie gut zusammen aus. Sie sehen aus, als gehörten sie zusammen.

Als ich wieder zu Royal aufschaue, ist seine Stirn gerunzelt.

„Wer ist diese Frau?" Ich bin mutig genug zu fragen.

„Meine Cousine. Lucrezia."

„Cousine?" Ach so. Ja, natürlich. Sie sieht Royal und dem Rest seiner Cousins sehr ähnlich. Ich Dummerchen, ich mache mir grundlos Sorgen.

„Wir nennen sie Lula", sagt er, und in seiner Stimme schwingt Zuneigung mit. „Du wirst sie kennenlernen ... in etwa einer Stunde", fügt er hinzu.

„Was?" Ich springe von seinem Schoß hoch, aber er zieht mich zurück.

„Ich habe sie gebeten, zu kommen. Sie ist meine Anwältin, und ich habe etwas zu erledigen. Nein, bleib", er zieht mich zurück auf seinen Schoß, „ich brauche dich hier."

„Fürs Geschäft?", frage ich und zucke zusammen, als seine Hand zwischen meine Beine wandert.

Seine Lippen finden mein Ohr. „Unter anderem." Er macht wieder diese Sache mit seiner Handfläche. Wenn ich es zulasse, wird er mich die nächsten dreißig Minuten wie eine Geige spielen, mein Hirn wird sich verabschieden, wenn ich komme, und ich werde keine Gelegenheit haben, ihn überhaupt zu befragen.

Ich schiebe seine Hand weg. „Royal, du musst damit aufhören. Ich will, dass du mit mir redest. Diese ganze Batman-Masche funktioniert nur in Filmen, die starke und stille Masche funktioniert nicht für ..."

Er beugt sich hinunter, legt seinen Mund auf meinen und verschluckt meine Worte. Mein Atem endet in einem Stöhnen. Die erwachende Hitze zwischen meinen Schenkeln lässt mich näher heranrücken.

Das ist nicht fair. Er weiß genau, wie er mich küssen muss, um meinen Protest zu unterdrücken.

„Aber ... Lula ... Geschäft ..."

„Sie ist wundervoll und freut sich darauf, dich kennenzulernen."

„Oh mein Gott, Royal, ich kann das nicht tun."

„Du kannst. Du wirst. Du bist stark, Leah. Stärker als du ahnst. Perfekt für mich." Wieder bringt er mich mit seiner Zunge zum Schweigen.

„Kekse", keuche ich, als ich wieder zu Atem komme. „Ich muss etwas backen. Sofort."

„Also gut, *principessa*", murmelt er gegen meinen Mund. „Du kannst etwas backen. Du kannst tun, was du willst, solange du bei mir bleibst."

7

LEAH

DIE HAUSTÜR ÖFFNET sich und ein Chor von gedämpften Stimmen ertönt. Ich erstarre, schüttle dann den Kopf und spüle die große Rührschüssel, die ich benutzt habe, zu Ende. Die Muffins sind fast fertig. Sie sind mit Preiselbeeren und Schokostückchen. Ich liebe Frühstücksgerichte, die insgeheim ein Dessert sind.

Royal verbrachte die erste Hälfte der Backsession damit, an der Tür zu lümmeln und mich durch halbgeschlossene Augen zu beobachten. Er sah so selbstgefällig aus, dass ich fragen musste: „Diese Backsachen ... hast du sie für mich gekauft? So wie die Klamotten?"

„Ja."

„Das ist wirklich zu viel."

Er schlenderte näher heran und umfasste mein Gesicht, ohne das Mehl zu beachten, das sich um uns herum ausbreitete. „Nichts ist zu viel für meine Frau."

Dann küsste er mich, und mein Gehirn erlitt wieder mal einen Kurzschluss. Ich schaffte es, ihn aus der Küche zu beordern, damit ich ein paar glückliche Minuten für mich allein hatte.

Jetzt treffe ich gleich die Cousine von Royal, und ich bin voller Mehl. *Tja.* Ich könnte genauso gut akzeptieren, wer ich bin. Ich kann ja schließlich nicht jemand anderes sein.

Stimmen ertönen in der Halle, und eine Brünette mit glattem, glänzendem Haar und einem schwarzen Hosenanzug kommt herein, gefolgt von Royal. Ich fühle mich klein und schäbig in meinem mehl-und-zuckerverstaubten Outfit.

Lula ist in Wirklichkeit noch schöner, dunkel und markant wie Royal. Sie könnte seine Schwester sein.

„Du bist also Leah", sagt sie und mustert mich von oben bis unten. Ihr Blick ist unergründlich, und ich weiß nicht, was sie denkt. „Ich bin seine Cousine", erklärt sie, obwohl ich sicher bin, dass Royal ihr bereits gesagt hat, dass ich weiß, wer sie ist. „Royal hat viele Cousins und Cousinen." Die beiden tauschen einen Blick aus, und ich kann nicht sagen, ob das eine geheime Bedeutung hat oder ein alter Scherz ist.

„Okay", sage ich und versuche, nicht so unbeholfen zu klingen, wie ich mich fühle.

„Freut mich, dich kennenzulernen." Sie setzt ihre schmale Lederaktentasche ab. Der Prada-Stempel ist an der Ecke sichtbar. Das ist eine fünftausend Dollar teure Aktentasche. Mein Gehirn schaltet auf Bildschirmschoner.

Lula bietet mir ihre Hand an. Ich ergreife sie, meine feuchten Finger gleiten an ihren perfekt manikürten Fingern vorbei.

„Oh, tut mir leid, ich habe gerade abgewaschen." Ich hole ein Geschirrhandtuch und reiche es ihr. Ich wende zu viel Kraft an, es fliegt mir aus der Hand und trifft sie fast im Gesicht. „Oh mein Gott, das tut mir leid!"

„Ist schon okay." Ihre dunklen Augen glitzern. „Sie kocht

und putzt?" Lula hebt eine Augenbraue in Richtung ihres Cousins.

„Nur, wenn sie es wünscht." Royal kommt an meine Seite und nimmt meine linke Hand. Sein Gesichtsausdruck wird erschreckend leer.

„Er liegt auf der Fensterbank", sage ich unvermittelt. „Ich wollte ihn nicht beim Abwaschen verlieren." Der Ring kostet wahrscheinlich mehr als eine Jahresmiete von Mr. Rossi.

Royal nimmt den Ring und schiebt ihn mit der Hand fest auf meinen Finger. „Der bleibt an deinem Finger", murmelt er. „Verstehst du?"

„Du hast mich wieder einmal nicht gefragt", necke ich und lasse meine Finger flattern. Der Ring fühlt sich an meiner Hand richtig an. Er ist so hübsch. Die minimale Tatsache, dass er einen Peilsender enthält, ignoriere ich - vorerst.

„Leah", warnt Royal. Sein Daumen streicht über mein Handgelenk.

„Ich verstehe. Kein Abwasch mehr. Das wird deine Aufgabe sein." Ich stoße ihn mit meiner Hüfte an.

„Das lässt sich einrichten. Ich bin gut darin, Dinge sauber zu machen." *Nachdem ich die Dinge schmutzig gemacht habe,* fügt sein dunkler Blick hinzu.

Hinter uns räuspert sich Lula. Ich trete aus dem Kokon der Wärme zurück, den Royal und ich geschaffen haben, meine Wangen sind vom Flirten gerötet.

Lula hält ihr Telefon hoch. „Hey, Cousin, Enzo versucht, dich zu erreichen."

Royal holt sein eigenes Telefon aus der Tasche. „Ich bin gleich wieder da."

„Ich bleibe und lerne Leah kennen", sagt Lula.

Royal fährt mit einem Finger über mein Brustbein und

wischt den Zucker auf. Er hält meinen Blick fest, während er seinen Finger ableckt. „Süß."

Ich erzittere.

„Sei brav", mahnt er und schlendert aus der Küche.

„So, so." Lula fächelt sich Luft zu. „Das war unerwartet." Sie hat ein echtes Lächeln im Gesicht. Mein Herzschlag verlangsamt sich. Ein bisschen. Ein klitzekleines bisschen.

Sie lehnt sich an die Marmorinsel. „Ich habe noch nie erlebt, dass er so romantisch ist."

„Wirklich?" Ich kräusele die Nase, auch wenn ich innerlich schon ausflippe. „Er ist der romantischste Typ, den ich kenne."

„Vielleicht bei dir."

Ich weiß nicht, wie ich damit umgehen soll, also nehme ich eine Trockenschale und wische sie mit einem Spültuch ab.

„Wie habt ihr euch kennengelernt?", fragt Lula.

„Ich habe ihm Kaffee serviert. Ähm, vor ein paar Tagen."

Der Backofensummer ertönt, und ich bin damit beschäftigt, die Bleche herauszunehmen und die Muffins zum Abkühlen auf Gestelle zu legen. Lula schaut mir mit zusammengekniffenen Augen zu. Verurteilt sie mich? Oder denkt sie nur nach?

Ich habe einen Muffin auf einen kleinen Teller gelegt. Die Mischung aus Schokolade und getrockneten Cranberrys ist gut gelungen. „Willst du einen?"

„Auf jeden Fall." Sie verschwendet keine Zeit damit, das Papier abzureißen und den Muffin aufzubrechen, während sie den köstlichen Duft genießt. „Das ist fantastisch. Ich wusste gar nicht, dass Royal in dieser Küche noch etwas anderes als Speisekarten vom Lieferservice hat."

„Er sagte, er hätte das Zeug für mich gekauft." Natürlich hat er das. Er ist nicht der Typ, der Muffinförmchen herumliegen hat.

„Oh mein Gott, ist das gut", stöhnt Lula. „Kein Wunder, dass Royal dich heiraten will."

„Du weißt davon?"

„Das ist ziemlich offensichtlich." Sie deutet auf den riesigen Diamanten an meinem Finger. „Das und die Art, wie er dich ansieht. Ich habe ihn noch nie so mit jemandem gesehen."

„Wirklich?" Ich lehne mich an die Insel und nasche an meinem eigenen Muffin, hungrig nach nichts anderem als Details über Royal. „Ich dachte, die Frauen würden sich um ihn reißen."

„Das tun sie", sagt Lula mit vollem Mund.

Sie kann ihren Muffin gar nicht schnell genug aufessen, und das entspannt mich noch mehr. Ich kann mit jedem auskommen, der mein Essen mag.

„Mein Cousin ist unaufmerksam. Er verabredet sich nicht. Er nimmt kaum Frauen wahr." Sie sticht mit einem manikürten Finger in die Luft. „Ich nehme das zurück. Es gab jemanden, den er mal erwähnt hat. Jemanden, den er in einem Café getroffen hat."

„Oh?" Ich versuche, meine Stimme locker zu halten, aber das Blut rauscht in meinen Ohren.

„Ja. Ein Mädchen, das ihm letztes Jahr am Valentinstag geholfen hat. Ihr Freund hatte sich gerade von ihr getrennt, aber sie bemerkte, dass Royal blutete und verband seine Hände." Lula legt den Kopf schief. „Warst du das?"

Ich lecke mir die Lippen. Abserviert vor dem Valentinstag? Das klingt nach mir. Aber würde ich mich nicht daran erinnern, jemandem wie Royal geholfen zu haben? „Ich weiß es nicht. Ich kann mich nicht erinnern."

„Hmm." Lula schaut schmollend auf ihren leeren Teller und stochert in den restlichen Krümeln herum. „Muss eine andere *Panetteria gewesen sein*. Wie auch immer", sie wischt sich die Hände ab, scheinbar ohne zu wissen, welche

Bombe sie über meinen Kopf abgeworfen hat, „ich bin froh, dass er dich gefunden hat."

„Ich weiß nicht, was hier los ist", platze ich heraus. „Ich habe ihn erst vor Kurzem kennengelernt und jetzt ... sagt er, dass er mich heiraten will?"

„Ich würde ihm glauben." Lula stöbert in der Küche herum. Sie öffnet eine Dose und fischt einen der Kekse heraus, die ich gestern Abend gebacken habe. „Er hat die Kirche schon gebucht."

Ich zerknülle ein Geschirrtuch in meinen Händen. „Ich warte darauf, dass er mir sagt, dass das alles ein Missverständnis ist."

Lula nimmt einen Bissen von dem Keks. Ihre Wimpern flattern. „Wow, das ist gut", murmelt sie. Sie zeigt mit dem restlichen Keks auf mich. „An deiner Stelle würde ich nicht darauf wetten. Wenn Royal sich einmal eine Idee in den Kopf gesetzt hat, lässt er sie nicht mehr los. So war er schon immer, seit er ein Kind war. Das hat seinen Vater verrückt gemacht", fügt sie murmelnd hinzu.

„Bist du mit ihm aufgewachsen?"

„Nein, wir waren viel zusammen, als wir jung waren, aber dann hat ihn sein Vater ins Alte Land verfrachtet. Er wuchs bei meiner Tante auf. Sie hat ihn aufgezogen. Onkel Vinnie - das ist der Vater von Royal – hat geschworen, dass er Royal niemals die Familie leiten lassen würde, aber Tante B. zieht mehr Fäden von jenseits des großen Teichs, als Onkel Vinnie lieb ist." Lula legt den Kopf schief, als würde sie ein Geheimnis verraten. „Sie versteht sich nicht mit ihrem Bruder. Unter uns gesagt, nicht viele von uns sind Fans von Onkel Vinnie, aber er ist der Boss, also gehorchen wir alle. Mit Ausnahme von Royal."

„Oh", murmle ich, denn was soll ich sonst sagen?

Lula knabbert an dem letzten Keks. „Ich weiß nicht, was er vorhat, aber du bist ein Teil davon."

Ich schlucke. Ich hatte mehr Informationen gewollt, und nun habe ich sie auch bekommen. Aber mittlerweile bereue ich meinen Wunsch; ich hatte einen Schluck Wasser erwartet, und was habe ich bekommen? Einen druckvollen Guss aus dem Feuerwehrschlauch.

„Braucht Royal nicht eine Frau, die mehr ...“ Ich halte inne, weil ich nicht weiß, was ich sagen soll. Eher geeignet für die Rolle seiner Frau? Die schöner ist oder mehr über sein Leben weiß?

„Mehr was?“ Lulas Blick wird weich, aber in diesem Augenblick schlendert Royal zurück in die Küche und stellt sich zwischen uns.

„Es ist so weit“, sagt er und hält mir eine Hand hin. Und obwohl ich keine Ahnung habe, was los ist, was dieser wunderbare Mann vorhat oder warum er mich unbedingt für sich gewinnen will, gehe ich zu ihm und lege meine Hand in seine.

Lula folgt uns in sein Büro, ein stilles Lächeln zeichnet sich auf ihrem Gesicht. Zusammen sind sie einschüchternd groß. Sie sind zwei große Buchstützen, und ich bin das zottelige Kätzchen zwischen ihnen. *Eines dieser Dinge ist nicht wie die anderen. Eines dieser Dinge gehört nicht dazu.*

Royal setzt mich auf seinen großen Schreibtischstuhl. Er nimmt meine Hand und tastet nach dem Ring. Er fährt mit dem Daumen über das Schmuckstück. „Hast du dich mit Lula gut unterhalten?“

„Ja?“

Die beiden schmunzeln über mein Zögern.

„Also, Leah, ich bin nicht nur die Cousine von Royal, sondern auch die Anwältin der Familie.“ Lula hat ihre Aktentasche wieder in der Hand. Sie holt ein Päckchen mit Papieren heraus und wendet sich an Royal. „Ich habe die von dir gewünschten Papiere aufgesetzt, wir müssen sie nur noch unterschreiben.“

„Ich kann euch allein lassen", sage ich und versuche, nicht so zu wirken, als wollte ich unbedingt hier weg und als würde ich jeden Grund nutzen, um abzuhauen.

„*Un momento*, Leah", sagt Royal. „Wir brauchen dich als Zeugen und deine Unterschrift."

Ich schnaufe genervt und schaue mich im Raum um, während er sitzt und ein Papier nach dem anderen unterschreibt. Es gibt einen dicken Stapel davon, cremeweiß und perfekt geordnet. Ich schaue mich im Raum um und versuche, lässig zu wirken.

„Leah", ruft Royal und schiebt mir die Unterlagen zu. „Jetzt deine Unterschrift."

„Will ich wissen, was ich unterschreibe?", murmle ich, während ich die Stellen abzeichne, auf die Lula mit ihren blutroten Nägeln zeigt.

„Mein letzter Wille und Testament", sagt Royal ohne Umschweife.

„Was?" Mein Stift hält inne, aber ich habe bereits die letzte Stelle unterschrieben. „Bin ich Zeugin?" Ich blinzle ihn an.

„Nein. Du bist meine Erbin."

„Was?" Ich schreie auf, und der Stift fällt mir aus den eiskalten Fingern. Er knallt auf die Schreibtischplatte und rollt ein Stück, bevor er direkt vom Schreibtisch auf den Boden fällt.

Lula hat die Papiere bereits gebündelt und fein säuberlich gestapelt - und ignoriert meinen Ausbruch höflich. Ich schaue Royal an.

„Was ..."

Die Tür des Arbeitszimmers öffnet sich und ein älterer Mann stürmt herein. „Wie ich sehe, bin ich zu spät dran, um diesen Unsinn zu verhindern."

Er ist kleiner und stämmiger, aber seine Gesichtszüge sind denen von Royal ähnlich. Das muss Vinnie sein, der

Vater von Royal. Sie haben die gleiche edle Nase. Vinnie hat graue Strähnen im Haar und trägt einen Rettungsring um den Bauch, an dem er schon eine Weile arbeitet. Ihm folgen zwei Männer in langen schwarzen Wollmänteln und mit dunklen Sonnenbrillen.

„Genug davon, Royal", sagt Vinnie und schaut mich kurz an, bevor sein Blick zurückgleitet. Als wäre ich ein Nichts, niemand Wichtiges. Ich schrumpfe in dem großen Ledersessel zusammen und fühle mich noch mehr wie ein Kind, das im Arbeitszimmer seines Vaters „Büro" spielt.

Lula schweigt und packt die Papiere in ihre Aktentasche. *Unter uns gesagt, nicht viele von uns sind Fans von Onkel Vinnie, aber er ist der Boss, also halten wir uns alle an die Regeln.*

So ein Mist. Das ist der Chef.

Als Vinnie wieder spricht und Lula ihn zum ersten Mal ansieht, ist klar, dass sie ihn nicht nur nicht mag, sondern *verabscheut.*

Das Gesicht von Royal ist leer.

„Du bist für etwas Besseres bestimmt als das hier. Die Familie hat einen Ruf zu wahren. Du musst die Tochter eines Don heiraten, vielleicht eines Vesuvi oder Serpente. Einer der herrschenden Familien. Nicht jemanden wie ..." Er winkt abweisend mit einer Hand in meine Richtung.

Lulas Augen verengen sich, ihre blutroten Krallen graben sich in das feine Leder des Aktenkoffergriffs. Ich möchte ihr sagen, dass sie sich nicht die Mühe machen soll, meinetwegen wütend zu werden. Ich bin es nicht wert.

„Hör auf zu reden", murmelt Royal. Seine Stimme ist tief und trügerisch sanft. Er ist der Typ, der nicht laut wird, wenn er wütend ist. Er wird still. Es ist die Ruhe vor dem Sturm. Ich kann spüren, wie es unter der Oberfläche brodelt. Lula sagt auch nichts, aber ihr Gesichtsausdruck ist etwas deutlicher – ein klarer Blick der Verachtung, der auf einen einzigen Menschen im Raum gerichtet ist. Zusammen sehen sie und Royal furchterregend aus. Zwei geschmeidige Dobermänner, die sich auf die Jagd konzentrieren.

Royal hebt die Hand.

Doch der Vater von Royal erkennt die Hinweise nicht. Er redet weiter, als hätte er nicht bemerkt, dass sein Sohn und seine Nichte wütend auf ihn sind. „Es gibt Familien, die würden dir ihre Erben auf einem Silbertablett servieren. Was zum Teufel machst du mit ihr? Sie ist ein Niemand."

Ich zucke zusammen, als hätte man mich mit einem Dolch getroffen.

In einem Moment lehnt sich Royal an seinem Schreibtisch zurück, die Hände an der Kante, den dunklen Kopf gesenkt. Im nächsten explodiert er in lautloser Bewegung. Er überbrückt die wenigen Schritte zwischen ihnen blitzartig. Sein Schlag kommt aus dem Nichts. Seine Faust kracht in das Gesicht seines Vaters, und Vinnie fliegt zurück in ein Bücherregal.

Bücher poltern neben Vinnie zu Boden. Er greift nach den Regalen, um sich aufzurichten und stöhnt. Die Leibwächter erstarren, machen aber keine Anstalten, den älteren Regis zu verteidigen.

Von allen sieht Lucrezia am wenigsten überrascht aus. Sie betrachtet beiläufig ihre Nägel und seufzt theatralisch wie jemand, der diese Art von Szene schon einmal erlebt hat. Ich erwarte fast, dass sie eine Feile herausholt, um einen Nagel lässig zu formen, vielleicht zu einer Spitze. Ich erzittere.

„Genug", knurrt Royal. Er atmet nicht einmal schwer, seine Schultern sind gerade und sein Rückgrat steif. „Du sprichst von meiner Braut. Dies war ein Test. Du hast versagt, Vinnie", sagt er zu seinem Vater. Der ältere Mann stöhnt. „Du bist nicht mehr mein Vater. Du hast mich zurückgewiesen, und ich weise dich zurück. So einfach ist das." Royals Augen sind hart, und Lula verschränkt die

Arme vor der Brust und starrt auf ihren Onkel herab. Sie sieht völlig unbeeindruckt aus.

Hier geht etwas Großes vor sich, aber ich habe keine Ahnung, was es ist. Ich bin froh, dass ich nicht Daddy Regis bin. Selbst seine Leibwächter sehen nicht so aus, als wollten sie ihm zur Seite stehen und ihn unterstützen.

Er muss ein *wirklich* großes Arschloch sein.

„Damit kommst du nicht durch", sagt Vinnie und setzt sich mühsam auf. Einer der Leibwächter erbarmt sich und hilft ihm auf.

„Das habe ich bereits. Deine Schwester steht auf meiner Seite. Ich habe die Unterstützung des Alten Landes. Und wenn ich Leah morgen heirate, werde ich die Bedingungen von *La Famiglia* erfüllt haben." Royals Augen leuchten auf, als er zu mir hinüberschaut. Ich schlage mir die Hand über den Mund. Die linke Hand. Der Ring wirft sein Licht in den Raum.

Eine Hand legt sich auf meine Schulter, und ich sehe auf. Lula beugt sich über mich, hält sich an meiner Schulter fest, ihr wütender Blick klebt an Vinnie Regis.

„Sie werden sie niemals akzeptieren", spuckt Vinnie.

Royal schüttelt den Kopf. „Die Zeiten der Krone sind vorbei. Der Thron gehört mir."

Sein Vater stößt ein wütendes Geräusch aus, das in seiner Kehle zu hören ist. „Das ist noch nicht vorbei." Er wirft mir einen letzten Blick zu.

Ich zucke zurück.

„Verschwinde", befiehlt Royal, und Vinnie tut es, gefolgt von seinen beiden Schlägern.

Wir hören, wie die Eingangstür geöffnet und geschlossen wird. Es gibt einen kleinen Aufruhr, und Enzo joggt außer Atem zur Bürotür.

„Tut mir leid, Boss", keucht Enzo. „Sie haben Jimmy ausgeschaltet. Haben ihn bewusstlos geschlagen."

„Scheiße." Lula reißt ihre Aktentasche von Royals Schreibtisch. „Ich habe einen Verbandskasten in meinem Auto."

„Geh." Royal winkt den beiden mit der Hand. „Sichert die Umgebung."

Lula und Enzo entfernen sich.

Ich vergrabe das Gesicht in meinen Händen.

„Leah." Die Stimme von Royal ist sanft. Er lässt sich vor mir auf die Knie sinken. „Es tut mir leid, dass du das sehen musstest."

„Es ist okay", flüstere ich. Ich kann nicht verarbeiten, was gerade passiert ist, also frage ich die erste Sache, die mich beschäftigt. „Du hast mich vor einem Jahr kennengelernt?"

„Ich hätte nicht gedacht, dass du dich daran erinnerst."

„Ich weiß es nicht. Lula hat es mir gesagt. Es tut mir leid, ich hatte da gerade eine Trennung hinter mir und ..."

„Ist schon gut, *cara*. Du hast eine Menge durchgemacht. Aber du hast dir trotzdem die Zeit genommen, einem Mann zu helfen, der blutete."

Ich nehme seine Hand; die, mit der er seinen Vater geschlagen hat. Die roten Fingerknöchel wecken in mir eine Erinnerung. Ein Mann mit wilden, zerzausten Haaren in einem dunklen, staubigen Mantel. Sein Gesicht war zerschrammt, die Lippe geschwollen und aufgeplatzt. Ich hatte ihn für einen Obdachlosen gehalten. Er hatte wunderschöne dunkle Augen. War das Royal?

„Ich hatte gerade einen Angriff überlebt. Ich durfte nicht gesehen werden. Aber du hast mich gesehen." Er ergreift meine Hand und dreht sie um, sodass der Diamant zwischen uns blinkt. „Und ich habe dich gesehen. Ich wusste, dass die richtige Frau da draußen auf mich wartete. Und dann warst du da." Sein Flüstern ist die reine Sünde, seidig und intim. „Niemand sonst schien dich zu bemerken.

Aber ich schon." Wie alles, was er sagt, löst auch dies seismische Erschütterungen in mir aus. „Ich wäre schon früher zu dir gekommen, aber es war nicht sicher. Nicht, bevor ich nicht besser Fuß gefasst hatte."

Er redet wieder von Gangs und Revierkämpfen, das geht über meinen Horizont.

Ich schlucke. „Dein Vater ..."

„Er verliert an Macht." Royal klingt abweisend.

„Er ist nicht mit mir einverstanden."

„Er spielt keine Rolle."

„Aber was er gesagt hat ..." Ich schließe meine Augen und lasse die Tränen laufen.

„Nein, Leah. Nicht weinen wegen dem, was er gesagt hat." Royal nimmt mich in seine starken Arme und hält mich auf seinem Schoß fest. Sein Stuhl senkt sich, als er sich zurücklehnt und meinen Kopf an seine Brust drückt. Meine Tränen beschmutzen sein weißes Hemd.

„Meine arme *principessa*. Ich werde ihn dafür bezahlen lassen, was er dir angetan hat."

„Mir geht es gut", schniefe ich. Royal hält mir ein Taschentuch hin und ich lache halb. Ich vertraue darauf, dass Royal eine Mischung aus moderner und altmodischer Höflichkeit besitzt.

Ich starre auf sein schönes Gesicht, während er meine Tränen trocknet. Seine Wärme und sein Duft geben mir Halt.

„Ich habe nicht gesprochen, bis ich vier Jahre alt war." Er dreht mein Gesicht in die eine oder andere Richtung, um es auf Tränen zu untersuchen. „Mein Vater hielt mich für einen Versager. Er hat mich weggeschickt."

„Er hat sich geirrt", entgegne ich.

„Ja." Royal packt mein Kinn. „Er liegt mit den meisten Dingen falsch."

Ein Seufzer entringt sich mir und ich nicke.

„Vergiss ihn", befiehlt Royal. „Er ist nichts. Du bist alles."

„Du musst nur jemanden heiraten", sage ich, bevor ich mich zurückhalten kann. Er schaut finster drein und schüttelt dann den Kopf.

„Ich möchte dich heiraten. Zuerst habe ich nach einer Braut gesucht, die ihren Platz neben mir kennt. Jemand aus einer der drei anderen Familien, jemand, der zu mir passt. Aber je mehr ich dich beobachtete, desto mehr wusste ich, wie perfekt du sein würdest. Ich brauche jemanden wie dich an meiner Seite." Er streicht mit seinem Daumen sanft über meinen Finger und schätzt selbst diesen kleinen Teil von mir. „Wenn ich mit dir zusammen bin, spüre ich es. Das Schicksal", beendet er.

Ich blinzle ihn durch feuchte Wimpern an. „Was ist, wenn ich mehr als das Schicksal brauche?", frage ich, aber ich zögere. Er hat mich noch nie im Stich gelassen. Nicht in der kurzen Zeit, in der ich ihn kenne. Er hat mich so sehr beschützt, jeden, der auch nur im Entferntesten mit mir zu tun hatte.

Er behandelt mich, als wäre ich etwas Besonderes. Auch wenn ich meine Vorbehalte habe, bin ich nicht stark genug, das zu ignorieren.

„Das Schicksal führt uns zusammen", sagt er, „dich und mich. Den Rest schreiben wir dann gemeinsam. Das Schicksal überlässt uns die lustigen Teile, die wir entdecken müssen." Mir klopft das Herz in der Brust, und er beugt sich vor, um mich zu küssen. Ich lasse ihn gewähren, und er küsst langsam über mein Gesicht und wischt die verbliebenen Tränen weg.

„Ich weiß es nicht", flüstere ich.

„Vertrau mir", bekräftigt er. Ich schließe die Augen. Er will, dass ich glaube, dass ich die beste Wahl für ihn bin. Ich kann ihm vertrauen, aber kann ich auch auf die Wahrheit über uns vertrauen?

Ich kann es versuchen. Für Royal, ich werde es versuchen.

~

LEAH

DAS HOCHZEITSKLEID PASST PERFEKT.

Ich kann nicht glauben, dass ich das tue. Aber Royal hat mich gebeten, ihm zu vertrauen, und jetzt trage ich sämtliche Spitze, die es in unserem Land gibt, mit Schleier, Schuhen, Bralette und Strapsen, die die durchsichtigen Strümpfe halten. Und dann die Krönung des Ganzen, das Kleid selbst, eine maßgeschneiderte Explosion aus Tüll und Satin. Ich drehe mich um und betrachte mich im Spiegel, hinter mir eine glitzernde Kulisse aus teuren Schuhen und Handtaschen.

Ich sehe aus wie ein riesiges Törtchen mit zu viel Vanilleglasur. Ich versuche, den Schleier erst in die eine und dann in die andere Richtung zu ziehen. Mache ich das hier wirklich?

Lula ist auch hier und probiert Brautjungfernkleider an. Royal hat das Haus verlassen, um sich um Geschäfte zu kümmern.

„Wow", sagt sie, als ich den begehbaren Kleiderschrank verlasse. Die Suite, die zwei Türen weiter als das Hauptschlafzimmer von Royal dient, sieht aus wie ein Brautmodengeschäft, um die Hochzeit morgen vorzubereiten. „Das ist ... eine Menge Tüll."

„Ich weiß." Ich ziehe die Nase kraus.

„So schlimm ist es nicht. Du siehst wirklich wunderschön aus." Apropos schön: Lula ist hinreißend, in einem bodenlangen, weinroten Trompetenkleid, das hervorragend zu ihrer Hautfarbe passt. Sie kommt auf mich zu und berührt behutsam den Tüll, der sich um meine Knie herum aufbauscht, und rückt ihn hier und da zurecht. „Hmmm", sagt sie sanft, bevor sie an meinem Schleier zupft. „So, und was meinst du jetzt?", fragt sie, und wir wenden uns dem Spiegel zu.

Meine Augen werden groß. Die Art und Weise, wie sie den Fall des Schleiers angepasst und meine Schleppe hinter mir arrangiert hat, hat etwas.

Ich sehe aus wie eine Prinzessin. Meine Wangen werden rot. Ich sehe aus wie eine Braut. Die Frau im Spiegel wirkt nicht wie das Mädchen, das vom Backen träumt. Sie ist eine Göttin.

Sie sieht mir überhaupt nicht ähnlich.

„Du kannst das gut", sage ich zu Lula. „Wenn du es irgendwann satthast, Anwältin zu sein, könntest du Stylistin werden."

Lula lacht. Ganz aufrichtig und leicht, was ein weiterer Pluspunkt für sie ist.

„Es ist einfach, wenn die Braut so schön ist", erwidert sie, und ihre Worte erwärmen mein Herz. Sie muss nicht nett zu mir sein. Sie ist mir nichts schuldig, nicht einmal Freundlichkeit. Aber hier sind wir nun, am Tag vor meiner Hochzeit, und sie kümmert sich um mich, als wäre ich ihre Schwester und nicht eine Frau, die sie gerade erst kennengelernt hat und die nun die Verlobte ihres Cousins ist.

Die Ungewissheit steigt wieder in mir auf. Egal wie fest Royal mich nachts hält, ich fühle mich immer noch fehl am Platz. Wie eine Rosine in einem Schokokeks. Als würde Royal eines Tages aufwachen und das schüchterne, schäbige Mädchen sehen, das er ausgewählt hat, und mich zurück in die Bäckerei schicken, wo ich hingehöre.

Ich wünschte, ich könnte mehr wie Lula sein. Die ruhige, besonnene Lula.

„Enzo hat gesagt, dass Royal heiraten muss, damit er die Familie übernehmen kann", platze ich heraus.

Lula neigt ihren Kopf zur Seite und mustert mich. „Ja, das ist wahr. Er hat dich auch benutzt, um eine Konfrontation mit seinem Vater zu erzwingen."

„Was?", flüstere ich.

Lula umkreist mich und zupft an meiner üppigen Schleppe. „Eine Sache musst du über Royal wissen. Er tut nie etwas, das ihm nicht mehrfachen Gewinn einbringt. Zwei-, drei- oder zehnfacher Gewinn. Deshalb ist die Familie auch so erpicht darauf, ihm zu geben, was er will. Sie werden alles tun, um ihn glücklich zu machen, und du machst ihn glücklich."

Ich presse eine Hand an meine Stirn. Der Diamant ist schwer an meinem Finger.

„Ich weiß nicht, was ich tun soll", flüstere ich.

„Leah, solange ich meinen Cousin kenne, habe ich noch nie erlebt, dass er von jemandem so besessen ist. Das wird schon klappen. Du wirst schon sehen. „Sie zupft an meinem Schleier und tritt zurück. „Ich muss los. Soll ich dir den Reißverschluss aufmachen?"

„Äh, nein, ich trage es noch ein bisschen länger." Vielleicht gewöhne ich mich daran, wenn ich es trage.

„Bist du sicher?", sagt Lula. „Es bringt Unglück, wenn der Bräutigam dich sieht."

„Ich glaube nicht, dass irgendetwas Royal davon abhalten wird, diese Hochzeit zu vollziehen." Ich streiche mit einer Hand über das schöne Mieder.

Lulas Lächeln ist strahlend genug für uns beide, als sie den Reißverschluss ihres Brautjungfernkleides öffnen will. „Du hast recht. Er glaubt nicht an Glück. Er glaubt an das Schicksal."

Im Haus ist es besonders still, als Lula geht. Mich selbst in einem Hochzeitskleid zu sehen, trägt nicht zu meinem

Selbstbewusstsein bei. Die Frau, die im gedämpften Licht des Gästezimmers vor einem Meer von feinen Kleidern leuchtet, sieht mir nicht ähnlich. Ich hätte Lula erlauben sollen, mir den Reißverschluss zu öffnen. Dann könnte ich zurück in die Küche gehen, um zu prokrastinieren und backen.

Unten schlägt eine Tür zu.

Ich hänge den Tüll auf und gehe die Treppe hinunter, wobei ich darauf achte, nicht auf meine Schleppe zu treten. „Royal?"

Im Erdgeschoss ist es dunkel. Ich steige in den Schatten hinab, und als ich am unteren Ende der Treppe ankomme, gehe ich um das Geländer herum in Richtung Haustür.

Fünf Meter von mir entfernt liegt die zusammengesackte Gestalt von einem von Royals Leibwächtern, seine Waffe ist neben seiner schlaffen Hand auf dem Boden. Ich nehme den Geruch von abgestandenen Zigaretten wahr.

Ich wirble herum. Im hinteren Teil des begehbaren Kleiderschranks in Royals Schlafzimmer befindet sich ein Sicherheitsraum. Er hat ihn mir erst neulich bei einem kurzen Rundgang gezeigt und mir gesagt, ich solle dort hingehen, wenn es jemals ein Problem gäbe. Eine weitere verrückte Mafiafrau-Lektion, die ich lernen muss.

Zwei Stufen die Treppe hinauf schaffe ich, dann stolpere ich über den Tüll.

„Das glaube ich nicht", sagt jemand und packt mich an der Taille. Ich schreie auf und stoße meinen Ellbogen nach hinten in einen festen Bauch. Der Mann grunzt und hält mir dann eine Hand über den Mund, ein Tuch in den Fingern gefaltet. Ich atme die Dämpfe ein, antiseptisch und süß. Mein Kopf dreht sich, meine Sicht trübt sich, und die Dunkelheit erfasst mich.

8

LEAH

MEIN KOPF POCHT, als hätte mir jemand einen Nagel in die Schläfe geschlagen. Meine Wange ist an eine kratzige Oberfläche gepresst. Stimmen murmeln über meinem Kopf. Männliche Stimmen.

Mein Herz klopft in meinem Brustkorb, und ich schrecke auf. Ich trage immer noch das Hochzeitskleid. Der Schleier hat sich über mein Gesicht gelegt. Ich streiche ihn beiseite.

Ich liege auf verblichenen grünen und gelben Kissen, auf der wohl hässlichsten karierten Couch, die es gibt. Der Raum ist muffig, und in den schwachen Sonnenstrahlen tanzen Staubmotten. Die Wände sind mit Holzimitat vertäfelt.

„Was zum Teufel?", murmle ich mit einem schmerzhaft trockenen Mund.

„Sie ist aufgewacht", sagt jemand, und abgestandener Zigarettenrauch weht über mich hinweg.

Ich richte mich auf und lehne mich auf der Couch zurück. Eine dunkle Gestalt erhebt sich über mich.

Vinnie Regis. Der Vater von Royal.

„Wo bin ich?", verlange ich zu erfahren.

„Willkommen in meiner bescheidenen Behausung." Vinnie schnippt an seiner Zigarette, und die Asche fliegt auf den verfilzten braunen Teppich. „Nicht so schön wie das Haus von Royal, oder? Natürlich war sein Heim auch mal meins. Was für ein Sohn schmeißt seinen Vater raus?" Spucke fliegt aus seinem Mund. Er hebt eine Hand, um sein Haar zurückzuschieben. Und in der anderen Hand hält er eine Pistole.

Ich drücke mich in die Couch.

„Der Scheißkerl war schon immer ein schweigsamer Freak, der immer Pläne schmiedete." Vinnie bemerkt, wie ich mich in einem Sahnehäubchen von einem Kleid zusammenkauere. „Ich weiß nicht, was er in dir sieht." Seine Lippen verziehen sich zu einer Grimasse. „*La Famiglia* wird nicht zulassen, dass ihr Goldprinz irgendeinen Niemand heiratet. Wenn er das durchzieht–", er deutet mit der Pistole auf mein weißes Kleid, „werden sie ihn ablehnen. Ich tue ihm einen Gefallen und nehme dich mit."

Ich lecke mir über die Lippen. *Ruhig bleiben. Ruhig bleiben. Nimm dir ein Beispiel an Lula.* „Was hast du mit mir vor?"

„Dich eine Weile behalten, ihm eine Lektion erteilen. Er soll dich gegen das Gebiet eintauschen, das er Stefanos weggenommen hat. Stefanos hat mich eingeweiht", schimpft Vinnie weiter. Seine Männer stehen um ihn herum, nicken und grinsen mich an.

Ich schließe die Augen. *Nicht weinen.* Ich drücke meinen Daumen gegen das Band meines Verlobungsrings. Royal wird kommen und mich zurückholen.

Ich muss nur bis dahin durchhalten.

„Darf ich auf die Toilette gehen?", krächze ich, nachdem

Vinnie aus dem Raum gestampft ist. Einer der Schläger, die mich bewachen sollen, zuckt mit den Schultern und zeigt auf eine Tür in den holzgetäfelten Wänden.

Im Bad schöpfe ich Wasser in meine Hände und trinke davon. Ich schiebe meine Röcke von den schmutzigen Kacheln weg, beuge mich über das Waschbecken und betrachte mein Spiegelbild. „Denk nach, Leah." Eine Göttin mit großen braunen Augen blinzelt mich an. Sie sieht ruhig und beherrscht aus. Bereit zum Heiraten.

Royal wird mich suchen, und ich muss bereit sein. Wenn ich eine Gelegenheit zur Flucht sehe, muss ich sie ergreifen. Vielleicht kann ich ein Ablenkungsmanöver starten.

Ich öffne den Medizinschrank und starre auf den Inhalt. Ich kann das schaffen.

Beim Verlassen des Badezimmers halte ich den Kopf gesenkt. Vinnie ist zurück und zündet sich eine neue Zigarette an. Ich schlage meine Hände vor mir zusammen.

„Kann ich Ihre Küche benutzen?"

„Wofür?" Vinnie bläst Rauch in meine Richtung.

Ich zucke mit den Schultern. „Ich bin eine Bäckerin. Ich backe gerne. Ich möchte Muffins backen. Das mache ich immer am Valentinstag, aber gestern bin ich nicht dazu gekommen."

Vinnies buschige Brauen heben sich. Ich versuche, sanftmütig und ängstlich auszusehen. Bescheiden. Ungefährlich. Ich muss mich nicht anstrengen.

„Wie auch immer. Fühl dich wie zu Hause. Aber komm nicht auf dumme Gedanken." Er deutet auf einen seiner Männer. „Nehmt alle Messer da raus."

Vinnies Handlanger geht vor mir in die gelbe Küche, reißt eine Schublade mit Silberbesteck auf und holt alle Messer heraus. Meine Röcke gleiten über verblichenes Linoleum. „Danke", murmle ich und halte meinen Blick gesenkt. Ich finde eine Schürze, die bis auf ein paar alte Flecken sauber ist, und ziehe sie über mein Kleid.

Nur wenig später schalte ich den Summer des Ofens aus und hole meine Kreationen heraus. Im Wohnzimmer haben sich ein paar Schläger versammelt, angelockt vom Vanilleduft. Ich schwenke hinüber zum staubigen Esszimmertisch und stelle einen vollen Teller mit rosa Muffins ab.

„Wie hast du sie rosa bekommen?", fragt Vinnie, dem das Misstrauen ins Gesicht geschrieben steht.

Blut im Zuckerguss. „Ich habe eine kleine Flasche mit Lebensmittelfarbe gefunden. Sie können so viele essen, wie Sie wollen", sage ich. „Ich hatte meine schon." Ich zeige auf einen Haufen von Krümeln und Backpapier. Ich habe so getan, als würde ich ein Törtchen essen, um keinen Verdacht zu erregen.

Die Männer fallen über die Gebäckstücke her. Sogar Vinnie isst einen. Der rosa Zuckerguss verschmiert sein Gesicht. Meine Muffins sind zu gut, um ignoriert zu werden.

Während die Männer sich satt essen, treibe ich mich ein paar Minuten in der Küche herum und tue so, als würde ich aufräumen. Dann ziehe ich meine Schürze aus und besuche noch einmal die Toilette im Erdgeschoss, bevor ich mich auf die Kante der hässlichen Couch im Wohnzimmer setze, die Hände im Schoß gefaltet wie ein braves kleines Mädchen. Das Hochzeitskleid schlackert um mich herum.

Unter der Mischung aus Zigarettenrauch und dem angenehmen Geruch von Kuchen macht sich ein leichter Gestank nach faulen Eiern breit. Er ist sehr schwach. Niemand sollte ihn bemerken, es sei denn, er sucht gezielt danach.

Ich beobachte die billige Uhr, die schief an der Wand hängt. Die Sekunden ticken dahin.

Es dauert nicht einmal eine halbe Stunde, wie es auf der

Packung steht. Nach fünfzehn Minuten stöhnt der erste Mafioso und taumelt zur Toilette.

Das ist der gefährliche Teil. Wenn Vinnie das mitbekommt und jemanden beauftragt, mir für meine Taten eine Kugel in den Kopf zu jagen, ist alles vorbei.

Aber das tut er nicht. Dem Stöhnen und Ächzen im ganzen Haus nach zu urteilen, machen er und seine Männer regen Gebrauch von der Toilette. Im nächstgelegenen Badezimmer wird auch gewürgt und gehustet. Der Toilettenreiniger, den ich zusammen mit dem Bleichmittel in eine zugestöpselte Wanne gekippt habe, muss ein giftiges Gasgemisch erzeugt haben.

Ich muss hier raus, und zwar schnell.

Ich stehe auf und trete mit leichtem Schritt über die knarrenden Dielen. Die Haustür steht weit offen, als wäre jemand hineingestürmt und hätte vergessen, sie zu schließen. Wahrscheinlich haben sie versucht, eine Toilette zu erreichen, bevor sie sich einscheißen.

Ich habe weder ein Telefon noch ein Auto, aber ich gleite aus der Tür und laufe den Kiesweg zur Straße hinauf. In meinem weißen Kleid bin ich ein tolles Ziel. Hoffentlich sind alle Mafiosi damit beschäftigt, nicht auf der Toilette zu sterben. Oder die anderen Ablenkungen, die ich vorbereitet habe, beschäftigen sie.

Im Haus wird geflucht. Oben im Badezimmer betet jemand lautstark zu Gott.

Ich bin nur ein paar Schritte den Gang hinunter gegangen, als der Feueralarm in der Küche zu piepen beginnt. Die Mischung aus Öl und Krümeln, die ich in den Toaster geschüttet habe, hat endlich ihren Zweck erfüllt. Rauch strömt aus der Küche, was bedeutet, dass die Tüte Mehl und das Bündel alter Zeitungen, die ich in den Ofen geschoben habe, wahrscheinlich bald Feuer fangen werden.

Ich hebe meine Röcke hoch und beginne zu laufen.

Hinter mir ertönen Schreie. Ein paar Schüsse erklingen, und ich ducke mich, während ich in diesem ausladenden Kleid so schnell wie möglich weiterrenne. Ich schätze, die Abführmittel haben nachgewirkt.

Royals Vater steht mit der Waffe in der Hand auf dem Rasen. Er versucht zu zielen, während sich sein Gesicht verzerrt und er sich über seinen krampfenden Bauch beugt. Er ist fest entschlossen, mich zu erschießen, auch wenn er sich in die Hose macht.

Ich ziehe meine Röcke hoch und zwinge mich, das Tempo zu erhöhen. Ich renne, als stünde das Haus hinter mir in Flammen.

Ich stehe am oberen Ende der Straße, als mich ein riesiger, dröhnender Knall zum Taumeln bringt. Doch ich bleibe auf den Beinen. Der Vater von Royal liegt auf dem Rasen und stöhnt nach wie vor. Er lebt also noch.

In dem Raum, der früher die Küche des Hauses war, schlagen Flammen hoch. Das Feuer breitet sich schnell aus. Schläger springen aus den Fenstern und Türen auf den Rasen und hocken in dem dichten Rauch. Die meisten krümmen sich, als ob ihre Gedärme noch immer randalieren würden.

Ein schwarzer Geländewagen hält kreischend auf mich zu. Royal springt hinten heraus, eine Waffe in der Hand. „Leah!" Seine schwarzen Haare und Augen sind wild, aber er steckt die Waffe weg, während er auf mich zugeht.

Dann liege ich in seinen Armen.

„Es ist okay", murmle ich. „Mir geht es gut. Er hat mir nicht wehgetan."

Royal drückt mich an sich und vergräbt mich in seinem Wollmantel. Er ruckt mit dem Kopf in Richtung des Hauses, und Enzo und der Rest seiner Männer gehen darauf zu.

„Nein!", keuche ich. „Warte!"

„Pssst, *principessa mia*", entgegnet Royal und versucht, mich ins Auto zu bugsieren.

„Ihr könnt da nicht rein", rufe ich Enzo und den anderen zu. „Noch nicht. Ich habe an den Gasleitungen herumge-pfuscht."

Enzo und die Männer halten kurz inne.

In der Ferne heulen die Sirenen der Feuerwehren.

„Komm her." Royal hebt mich hoch und setzt mich in den Wagen. Ich kämpfe mich durch meinen zerknitterten Rock und greife nach seinem Revers. „Royal, ich meine es ernst. Ihr dürft euch dem Haus nicht nähern."

„Werden wir nicht, Baby. Gib mir eine Sekunde." Er reißt sich los.

Ich lasse mich in den Autositz zurückfallen, in einem Haufen weißen Stoffs. Ich habe es geschafft. Ich habe überlebt.

Außerhalb des Wagens steht Royal in einer Reihe mit seinen Cousins und gibt Befehle. Seine tiefe Stimme hebt und senkt sich. Der Klang ist beruhigend. Ich könnte einschlafen, wenn ich nicht so mit Adrenalin aufgeladen wäre.

„*Principessa*." Royal kommt ins Auto und zieht mich in seine Arme, wobei er die Stoff-Barriere des Hochzeits-kleides leicht überwindet.

Ich ziehe meine Röcke aus dem Weg, damit sie sich nicht in der Tür verfangen. „Weißt du, für zweihundert Meter Tüll hat sich dieses Kleid ziemlich gut geschlagen."

Royal berührt mein Gesicht und zwingt mich, mich zu konzentrieren. „Leah."

„Es ist okay." Ich drücke mich an ihn. „Mir geht es gut."

Er stiehlt mir einen Kuss und murmelt gegen meine Lippen: „Das werde ich mir nie verzeihen."

„Es war nicht deine Schuld. Und alles ist gut ausgegangen."

Enzo erscheint an der offenen Autotür. „Boss, du wirst es nicht glauben. Ich habe einen unserer Männer vorbeifahren lassen, um Informationen einzuholen. Sieht aus, als hätten die Feuerwehrleute illegale Substanzen im Haus gefunden. Die Cops sind gekommen, um alle zu verhaften."

Ich beiße mir auf die Lippe. Ist es schlimm, dass Royals Vater meinetwegen verhaftet wurde?

„Die Jungs hatten alle die Hosen runter", fährt Enzo fort. „Sie haben irgendeine üble Scheiße gegessen oder so. Es hat so sehr gestunken ..."

„Was zum Teufel?" Royal zieht scharf die Luft ein.

Zeit, reinen Tisch zu machen. Ich neige den Kopf und hebe die Hand, wie ein Kindergartenkind im Unterricht. Die Blicke der Männer richten sich auf mich.

„Ich habe womöglich eine abgelaufene Schachtel Abführmittel gefunden und daraus Muffins gebacken", sage ich.

„Scheiß die Wand an", sagt Enzo voller Ehrfurcht.

„Ich habe auch, ähm, eine Tüte Mehl in den Ofen und Öl in den Toaster getan. Und habe sie eingeschaltet. Oh, und Bleiche und Ammoniak ins Badezimmer gekippt. Zusätzlich zu, ähm ..." Meine Stimme erstirbt zu einem Flüstern, als Enzos Augenbrauen in die Höhe wandern. Royals Gesicht ist erschreckend ausdruckslos. „.... der Tatsache, dass ich mich an der Gasleitung zu schaffen gemacht habe."

Enzo wirkt zu überwältigt, um zu fluchen. Er öffnet seinen Mund, schließt ihn und bekreuzigt sich.

„Damit ich das richtig verstehe", sagt Royal. „Du hast ein Haus voller Verbrecher mit nichts als einem rauchenden Ofen und einer Muffinmischung ausgeschaltet?"

„Entschuldige, ich backe nun mal gerne und probiere alles aus." Ich hatte noch nie Abführmittel-Cupcakes gebacken, aber als mein Ex mit mir Schluss gemacht hatte, habe ich vielleicht das eine oder andere Mal ein Rezept nachgeschlagen.

Die Brauen in Royals Gesicht ziehen sich drohend zusammen. Ist er wütend auf mich?

„Sag mir die Wahrheit, Leah", poltert Royal. „Hast du meinen Vater und einen Haufen seiner Männer mit selbstgebackenen Törtchen ausgeschaltet?"

„Niemand erwartet geheime Kackmuffins", flüstere ich.

„Scheiß die Wand an", wiederholt Enzo ehrfurchtsvoll.

Die heulenden Sirenen kommen immer näher.

„Äh, Boss?" Ein anderer Mafioso taucht hinter Enzo auf. „Wir sollten hier verschwinden, bevor die Bullen die Suche ausweiten."

„In Ordnung." Royal winkt mit der Hand. „Raus hier." Er drückt mich an seine Seite. Seine Lippen brennen einen Kuss auf meine Stirn. „Ich bringe dich nach Hause."

9

LEAH

DAS MÄDCHEN IM SPIEGEL STRAHLT. Sie sieht glücklich aus, auch wenn sie sich auf die Lippe beißt. Ich bin wieder in einem Hochzeitskleid – einem anderen als gestern. Das letzte hat eine Entführung und die Flucht vor einer Gasexplosion überstanden, aber nicht die Leidenschaft von Royal. In seiner Eile, mich zu entkleiden, blieb nicht einmal der Schleier heil.

„Huhu, Leah?" Lula steckt ihren Kopf in die Umkleidekabine. „Bist du bereit zu heiraten? Ich soll dich zur Hochzeit bringen. Royal hat in letzter Minute ein Treffen mit der Familie."

„Oh." Ein Treffen mit der Familie? Ich bin mir nicht sicher, ob das eine gute oder schlechte Sache ist.

„Wie geht es dir?" Lula schlendert herein und sieht in ihrem Brautjungfernkleid fabelhaft aus.

„Es geht mir gut." Ich betaste die Spitze des neuen Hochzeitskleides. Ein Alonuko-Original. Ich habe keine

Ahnung, wie Royal es über Nacht maßgefertigt bekommen hat.

„Bist du sicher? Keine nachhallenden Auswirkungen von gestern?"

Ich gehe in mich. Ich bin ein bisschen wund, aber nicht, weil ich als Geisel gehalten wurde. Royal war ziemlich erpicht darauf gewesen, mir zu zeigen, wie froh er war, dass ich gesund und munter zurück war. Und ich war genauso eifrig, mich zu revanchieren.

Aber ich bin allein aufgewacht. Royal hat einen Zettel und einen Schokomuffin hinterlassen, aber ich hätte lieber ihn gehabt.

„Ich nehme das als ein Nein", sagt Lula mit einem Grinsen. „Es wird dich vielleicht interessieren, dass ich gerade aus dem Krankenhaus komme. Der Vater von Royal und der Rest seiner Leute brauchen einen Arzt." Ich versteife mich, aber Lula bemerkt es nicht. Sie wirft ihr dunkles Haar über die Schulter. „Ich werde für sie alle wohl einen Deal arrangieren müssen. Den Feuerwehrleuten und der Polizei gefielen die vielen Drogen nicht, die sie gefunden haben. Sie werden für eine lange Zeit ins Gefängnis gehen."

Ich beiße mir auf die Lippe. Das ist eine gute Nachricht, aber wird Royal glücklich darüber sein, dass ich seinen Vater in Schwierigkeiten gebracht habe?

„Wir müssen nicht einmal Anzeige wegen Entführung erstatten, es sei denn, du möchtest es unbedingt", fügt Lula sanft hinzu. „Ich habe mir gedacht, dass du dich da lieber raushalten willst."

„Ja", bekräftige ich schnell.

„Dann ist das geklärt. Ich muss sagen, dass es das erste Mal ist, dass ich mit einer solchen Situation zu tun habe. Wenn ich ein Krankenhaus besuche, ist mein Klient normalerweise angeschossen worden und nicht von einem Muffin ausgeknockt worden. Aber einer der Jungs ist in einem kritischen Zustand. Die anderen sind lediglich stark dehydriert."

„Sie haben eine Menge Muffins gegessen."

„Ja, davon habe ich schon gehört!" Sie kichert. „Ich musste mich wirklich anstrengen, um ein ernstes Gesicht zu bewahren. Ich kann nicht glauben, dass dein Plan funktioniert hat."

Ich zucke mit den Schultern. „Keiner hat etwas geahnt. Rosa Muffins sind die harmloseste Sache der Welt."

Lula schüttelt den Kopf. „Ich habe Royal gesagt, dass er sich bei dir besser in Acht nehmen soll."

„Ich mache Abführmittel-Cupcakes nur in extremen Situationen."

„Gut zu wissen. Aber es könnte eine Weile dauern, bis ich etwas esse, was du gebacken hast."

„Das ist nur fair."

Wir schmunzeln gemeinsam.

„Im Ernst, Leah, das hast du gut gemacht. Ein ganzer peinlicher Zweig unserer Familie wurde auf einen Schlag ausgeschaltet. Die drei anderen Verbrecherfamilien in Metropolis schauen zu. Wir mussten Stärke zeigen, wenn wir einen Platz am Tisch bekommen wollen."

Lula geht zum Spiegel und rückt ihr Kleid zurecht, ohne zu bemerken, dass sie mich verzaubert.

„Royals Vater war das schwächste Glied, aber jetzt hat Royal bewiesen, dass er aufräumen kann. Und er hat es geschafft, ohne seinen Vater töten zu müssen. Was habe ich dir gesagt?" Lula hält ihre manikürten Finger hoch. „Royal brauchte eine Braut. Er brauchte einen Grund, um seinen Vater loszuwerden. Und er wollte dich. Das habe ich dir gesagt." Sie tippt sich an die Schläfe. „Royal hat ein Gehirn wie ein Ingenieur. Er tüftelt ständig. Repariert ständig Dinge in seinem Kopf. Sein Verstand funktioniert wie eine Uhr."

„Richtig." Ich stoße einen zittrigen Atem aus.

„Also gut, gehen wir raus." Lula greift nach ihrer Chanel-Tasche und kramt nach ihren Schlüsseln. „Ich soll dich zur Kirche fahren. Es sei denn, du willst meinen Cousin abwimmeln und nach Atlantic City ausbüxen?" Ihr Tonfall ist scherzhaft, aber in ihren dunklen Augen steht eine ernsthafte Frage.

„Nein." Ich streiche mit meinen Händen über das Mieder.

Lulas dunkle Augen suchen mein Gesicht ab. „Ich meine es ernst, Leah. Du musst ihn nicht heiraten, wenn du nicht willst. „

„Ich will es." Ich bin vielleicht nicht mit allem in seiner Welt einverstanden, aber ich will Royal. „Aber auf dem Weg zur Kirche ... ist es okay, wenn wir einen Zwischenstopp einlegen?"

DIE BÄCKEREI IST ein Lichtblick in dem dunklen Einkaufszentrum. Jemand hat die alte Tür ersetzt und ihr einen neuen Anstrich verpasst. Das Schild darüber ist neu und größer, mit rosa Schrift, wie ich es mir immer gewünscht habe.

„Kommst du zurecht?", ruft Lula aus ihrem schwarzen Beemer. Ich nicke, hebe meine Röcke auf und stapfe zur neuen Haustür. Drinnen angekommen, lasse ich meine Röcke fallen und weiß nicht, was ich tun soll. Es riecht nach Gewürzen – rote Bohnen und Reis, Ziegencurry. Mrs. Rossi kocht wieder.

„Leah!" Mr. Rossi stürmt von hinten herein, Mrs. Rossi direkt hinter ihm. Sie schieben mich zwischen sich und umarmen mich abwechselnd. „Sieh dich nur an!"

„*Bellissima!*"

„Mrs. Rossi", stoße ich hervor. „Sie sehen großartig aus."

„Die Infusionen helfen." Sie streichelt meine Wange. Ihre Hand ist weich, ihre dunkle Haut leuchtet. „Dein Mann ist ein Prinz."

Meine Kehle schnürt sich zu. „Ja, das ist er."

„Und jetzt wirst du heiraten. Du bist eine schöne Braut."

„Danke." Ich fingere an meinem Schleier. „Wollt ihr mich zum Altar führen? Ihr beide?"

„Oh." Mrs. Rossi ist so überwältigt, dass sie sich die Hand vor den Mund hält.

Mr. Rossi legt sanft einen Arm um sie. „Wir würden es um keinen Preis missen wollen, *mia figlia*." Meine Tochter. „Wir machen uns bald auf den Weg zur Kirche. Wir haben gerade die Torte fertiggestellt."

„Ihr habt meine Hochzeitstorte gemacht?"

Er winkt mir zu und ich folge den Rossis nach hinten. Die Torte ist ein weißer Turm, hoch genug, um den Himmel zu berühren.

Im vorderen Raum bimmelt die Klingel über der Tür wie verrückt.

„Diese Tür sollte geschlossen sein." Mr. Rossi runzelt die Stirn.

Ich weiß, wer just eingetreten ist, noch bevor seine samtig tiefe Stimme mich überflutet. „Mr. Rossi. Mrs. Rossi."

Kräftige Hände umklammern meine Hüften.

Royal hat mich gefunden. Natürlich hat er das.

„Nennen Sie mich Cedella." Mrs. Rossi strahlt.

„Komm, meine Braut." Mr. Rossi legt den Arm um seine Frau und lenkt sie weg. „Wir müssen los zur Kirche."

„Wir sind direkt hinter dir gefahren", murmelt Royal in meinen Schleier. Er hält mich ruhig, bis die Ladentür bimmelnd geschlossen wird. Die Rossis sind weg. Jetzt gibt es nur noch mich und Royal.

„Du bist gekommen", sage ich, bevor ich mich umdrehe.

Er entlässt mich nicht aus seinem Griff, sondern dreht mich zu ihm um. Gut, dass er mich festhält, denn sobald meine Augen seine treffen, werden meine Knie zu Pudding.

„Du bist weggelaufen", entgegnet er. Seine Augen sind kaffeebraun, sein schönes Gesicht ist ernst, aber sein Ausdruck wird weicher, als er mein Gesicht sieht. Er hebt mich auf, mit meinem weiten Satinkleid und allem, und trägt mich zu den Backformen. Er setzt mich auf den Tresen neben der Espressomaschine, mit der alles angefangen hat. Meine Röcke bauschen sich auf, aber er drückt sie herunter, legt seine Arme auf beide Seiten von mir und fixiert mich mit einem finsteren Blick. „Leah."

„Royal", entgegne ich misstrauisch.

Er legt den Kopf schief. „Du wolltest einen Kaffee, bevor wir den Bund fürs Leben schließen?"

„Ich brauchte einen Moment", flüstere ich. Meine Sicht verschwimmt und ich blinzle ein paar Mal. „Du hast den Laden in Ordnung gebracht. Du hast alles in Ordnung gebracht."

Er streicht mit einem Finger über meine bebende Lippe. „Ja. Ich würde alles für dich tun."

„Dein Vater sagte, die Familie würde es nicht gutheißen, wenn du mich zur Braut nimmst."

Er schüttelt den Kopf. „Ich habe mich gerade mit ihnen getroffen. Sie können es kaum erwarten, dich kennenzulernen. Sie sind von dir begeistert."

„Ich bin ziemlich knallhart." Meine Stimme bebt vor Unsicherheit, aber der Stolz in Royals Gesicht beruhigt mich sofort.

Vielleicht kann ich das schaffen. Royal hat Flitterwochen im Alten Land angedeutet. Ich möchte Royals Tante kennenlernen. Ich hoffe, sie ist mit mir einverstanden. Vielleicht ist eine Dose Kekse alles, was ich brauche, um ihre

Liebe zu erkaufen. Ich werde Royal den Espresso machen lassen.

Mein Spiegelbild in der Espressomaschine zeigt eine Braut. Sie sieht ruhig aus, aber innerlich zittert sie.

Vielleicht ist das in Ordnung.

„Sprich mit mir, Leah." Royal streicht meinen Schleier zurück.

„Du hast die Rossis beauftragt, den Hochzeitskuchen zu backen."

Sein glänzendes Haar fällt ihm ins Gesicht, während er den Kopf schüttelt. „Sie würden keine Bezahlung annehmen. Das ist ihr Hochzeitsgeschenk."

Ich streiche ihm die Haare aus dem Gesicht.

„Mr. Rossi wollte ein letztes Mal in seiner Küche backen."

Mir gefriert das Blut in den Adern. „Was?", flüstere ich erschrocken. Mussten sie verkaufen? Haben sie so die Behandlung bezahlt? Aber ich dachte, Cedella hätte gesagt, Royal hätte sie bezahlt.

„Sie haben das Geschäft verkauft. Jetzt, da Cedella wieder gesund ist, wollen sie mehr reisen. Sie wollen sich auf Jamaika zur Ruhe setzen."

„Sie haben einen Käufer gefunden?"

„Man könnte sagen, ich habe ihnen ein Angebot gemacht, das sie nicht ablehnen konnten."

„Du?"

„Dieser Ort. Er gehört jetzt dir. Betrachte es als Geschenk zum Valentinstag."

Ich blicke gen Decke, um nicht zu weinen. Sobald die Tränen wieder versiegen, sage ich: „Du bist so süß. Ich habe dir nichts geschenkt."

„Du gibst mir bereits alles, was ich brauche. Das einzige Geschenk, das ich will, ist das hier." Er streichelt meine

Muschi über das Kleid hinweg. „Kommst du freiwillig mit in die Kirche, oder muss ich dich fesseln und tragen?"

Ich kichere. „Ich werde mitkommen."

„Gut. Denn wenn ich dich über meine Schulter werfen müsste, würdest du zuerst über mein Knie liegen."

Ein Kribbeln durchfährt mich. Aber ich beiße mir auf die Lippe.

„Woran denkst du, *principessa*?"

„Bist du sauer wegen dem, was ich mit deinem Vater gemacht habe?"

„Mein Vater hat mich wie Abfall weggeworfen, weil ich nicht der Sohn war, den er wollte."

„Ich hasse ihn", sage ich mit einer Vehemenz, die mich überrascht.

Royal scheint nicht erstaunt zu sein. Er sieht erfreut aus. „Es steckt etwas Dunkelheit in dir, Kleines. Vielleicht passen wir deshalb so gut zusammen. Das Bittere und das Süße." Er hebt meine Hand und küsst sie. Der Ring funkelt zwischen uns.

„Weißt du", sage ich. „Du hast mich nie gebeten, dich zu heiraten."

„Willst du, dass ich frage?" Er beugt sich vor und zerrt an meinen Röcken. Seine Lippen finden mein Ohr. „Willst du, dass ich dich überzeuge, *cara*? Denn ich kann sehr überzeugend sein."

„Nein, nein", werfe ich schnell ein, aber er schiebt bereits den Saum meines Kleides hoch. Ich stütze mich mit den Ellbogen auf dem Tresen ab, als er unter meine Satinröcke greift.

„Royal! Wir müssen zur Kirche gehen."

„*Un momento*." Er drückt mein strumpfbekleidetes Knie, findet den Riemen des Strumpfbandes und schnappt zu. „Zuerst möchte ich dich zum Schreien bringen."

Ich lasse mich zurück auf den Tresen fallen und stoße

einen Stapel Pappbecher um. Eine weiße Wolke weht über mich hinweg - Puderzucker. Als ich mir über die Lippen lecke, sind sie süß.

Royal drückt zwei Finger in meine Muschi und reibt mit dem Handballen an meinem Kitzler. „Komm für mich, *cara*. Und während du das tust, sag meinen Namen. Sag mir, wem du gehörst."

Als ich komme, liegt mir der Name von Royal auf den Lippen.

UND DAS IST DER GRUND, weshalb meine Schleppe eine Spur aus Puderzucker hinterließ, als ich zwischen Mr. und Mrs. Rossi durch den Kirchengang schritt, um Mrs. Royal Regis zu werden.

EPILOG

Royal

EIN SCHARFER SCHMERZ durchbohrt meine Seite. Mein Atem geht keuchend. Unter meiner Jacke wird mein Hemd nass. Meine Stiefel klappern über das kaputte schwarze Dach. Ich möchte stehen bleiben und zu Boden sinken.

Doch wir müssen in Bewegung bleiben.

Der Schläger tauchte aus dem Nichts auf, stellte sich mir in den Weg und zog mich in eine erzwungene Umarmung. Ich riss mich los, aber nicht bevor sein Messer in mich eindrang, ein glühend heißer Schnitt, der sich wie ein Lauffeuer durch mein Inneres brannte.

Ich bin blutig und zerschrammt, aber ich bin in besserer Verfassung als er. Ich habe ihn in einem dunklen Haufen Nichts bei einem Müllcontainer zurückgelassen.

Das Attentat war wie alles, was mein Vater je getan hat: schlampig.

E tu, padre?

Die rosa Tür der Bäckerei schimmert vor mir wie eine Fata Morgana in der Wüste. Mein linkes Auge sieht ein bisschen verschwommen. Wahrscheinlich werde ich bald bewusstlos. Ich zwinge meine Füße, weiterzugehen, und taumle den glasübersäten Bürgersteig hinauf. Ein Stapel Zeitungen ist aus der Vitrine gekippt und hat sich in einen matschigen Brei verwandelt.

Dies war einmal eine schöne Gegend, aber Verbrechen und Banden haben den Charme zerstört. Sie haben die Einwohner vertrieben. Diese Ladenbesitzer zahlen für ihren Schutz, aber mein Vater gibt ihnen nichts zurück.

Das ist etwas, das ich ändern werde.

Mein Vater dachte, er würde die Sache mit einem leisen Messerstich beenden. Was für ein Mann sendet Mörder aus, um seinen eigenen Sohn zu töten?

Er glaubt, dass er mich besiegen kann. Aber ich werde sein Haus, sein Territorium und dann seinen Thron erobern. Nichts kann mich aufhalten. *La Familigia* wird den Sieger unterstützen. Die Rädchen in meinem Kopf drehen sich schon. Es fehlt nur noch ein Teil.

Die Glocke über der Tür der Bäckerei läutet und kündigt an, dass ein Kunde geht. Ich bleibe stehen und lehne mich an die Wand wie ein Süchtiger, der über seinen nächsten Schuss nachdenkt.

Ein junges Paar kommt aus der Bäckerei. Beide sind blond und lachen, Arm in Arm. Sie sehen aus wie Bruder und Schwester und tragen die gleichen Sweatshirts der Empire University. Ich warte, bis sie in ihren knallroten Camaro springen und losfahren, bevor ich zur Tür der *Panetteria* humple.

Vielleicht sind noch mehr Mörder meines Vaters auf der Suche nach mir, und ich brauche ein Versteck. Sie werden nicht erwarten, dass ich so weit zu Fuß gelaufen bin. Ich starre auf meine Stiefel. Habe ich eine Blutspur hinterlassen? Ein Messer in den Bauch würde das auch tun.

Ich stoße die Tür der Bäckerei auf. Die Glocke läutet,

und der süße Duft schlägt mir entgegen. Für einen Moment bin ich wieder in *mia zias* Küche und beobachte, wie sie den Teig ausrollt und ihre mehligen Arme dabei wackeln.

Eine junge Frau steht hinter dem Tresen. Ihre Augen sind rot umrandet, aber sie schenkt mir ein tapferes Lächeln. „Hallo, willkommen in der *Panetteria Principessa.*" Sie spricht das Italienische perfekt aus. „Womit kann ich Ihnen helfen?"

Ich richte mich auf, so gut ich kann und humple, um die Bäckereivitrinen zu inspizieren. Mein Spiegelbild im Glas zeigt einen ungepflegten Mann mit fahlen Wangen und dunklen Furchen unter den Augen. Ich sehe zwanzig Jahre älter aus, als ich bin. Ich wirke wie ein Obdachloser.

Ich *bin* ein obdachloser Mann. Für den Moment.

Bis ich die Villa meines Vaters übernommen habe. Das wird mein erster Schritt sein.

„*Un caffè, per favore.*" Meine Stimme ist ein rau und tief.

Sie beeilt sich, ihn zu holen. Ich stütze mich etwas zu sehr auf den Tresen und als sie zurückkommt, lässt sie fast die Tasse fallen.

„Oh mein Gott", sagt sie. „Sie bluten ja."

„Es ist nichts." Ich wedle mit der Hand und zucke zusammen. „Machen Sie sich keine Mühe."

„Nein, nein, warten Sie hier." Sie wirbelt herum und geht zur Tür, die in den hinteren Teil des Ladens führt. Durch den Dunst des Schmerzes hindurch konzentriere ich mich auf ihren kurvigen Hintern.

Das heiße Glühen in meiner Seite verblasst zu nichts. Als sie mit einem Erste-Hilfe-Kasten zurückkommt, stehe ich schon wieder aufrecht.

„Darf ich?" Sie deutet auf meine Hand.

Auf mein Nicken hin hebt sie sie an und beginnt, den Schnitt auf meiner Handfläche mit sanften Händen zu reinigen. Komisch, diese Wunde habe ich gar nicht gespürt.

Die Wunde unter meiner Jacke ist viel größer. Was würde diese kleine Bäckerin wohl tun, wenn ich mich meiner Schichten entledigen und ihr mein rot gefärbtes Hemd zeigen würde?

Aus der Nähe kann ich ihre Stupsnase, ihre dunklen Wimpern und ihre hellen Rehaugen betrachten. Sie hat geweint, aber ihre Wangen haben jetzt mehr Farbe als beim ersten Mal, als ich hereinkam.

„Hat dich jemand verärgert?", frage ich, während sie den Schnitt verbindet.

„Ach, das ist nichts." Sie blinzelt und schnieft. „Mein Freund hat gerade mit mir Schluss gemacht", gibt sie zu. „Das waren er und seine neue Freundin, die gerade gegangen sind. Sie haben sich benommen wie ..." Ihre Stimme sinkt auf ein Flüstern. „Sie haben sich benommen, als wäre ich ein Niemand für sie. Wir waren vier Jahre lang zusammen auf der Highschool." Ihre Stimme bebt. „Wie auch immer."

Sie ist aufgebracht und gibt mir trotzdem, was ihr möglich ist. Eine vollkommene Fremde.

Sie greift nach einer Bäckereischachtel und legt ein perfektes, rosafarbenes Törtchen hinein. „Alles Gute zum Valentinstag." Sie reicht mir die weiße Schachtel. Ihre Unterlippe zittert ein wenig. „Ich hoffe, deiner ist besser als meiner."

„Danke." Ich kann mich nur schwer beherrschen, nicht über den Tresen zu springen, um mich bei ihr zu bedanken, verdammt sei die Messerwunde.

Ich schlendere zur Tür, eine Keksschachtel in der Hand. Ich halte mit der Hand an der Tür inne und drehe mich zu ihr, um sie zu fragen: „Glaubst du an das Schicksal?"

Sie runzelt die Stirn, aber sie sagt nicht nein.

In mir braut sich ein Plan zusammen. Das Puzzle, das

ich zu lösen versucht habe, verschiebt sich und fügt sich zusammen.

Sie ist das fehlende Teil.

Es ist zu früh, dies zu sagen. „Irgendetwas verrät mir, dass der nächste Valentinstag besser sein wird als dieser."

„Ich hoffe es", entgegnet sie.

Ich neige den Kopf, reiße die Tür auf und schreite in den Tag hinein. Bald werde ich zurückkehren.

Ich komme dich holen, principessa.

WOLLEN SIE MEHR ÜBER LEAH & ROYAL erfahren? Lesen Sie Ein Braten im Ofen, eine exklusive Bonusszene mit Leah & Royal aus „Rache ist süß"

EBENFALLS VON LEE SAVINO

Zeitgenössische Liebesromane

Der Soldat, der mich verführt
Ihre Daddys – zwei Rivalen
Die Schöne und die Holzfäller
Eingeschneit mit dem Holzfäller

Mafia-Bräute
Rache Ist Süß
Mein ist die Vergeltung

Königliche Herzensbrecher
Königlich Verdorben
Royally – falscher Verlobter

Eine dunkle Liebesgeschichte mit Stasia Black
Unschuld
Das Erwachen
Königin der Unterwelt

Die Liebe des Biestes mit Stasia Black
Die Gefangene des Biestes
Die Rache des Biestes
Die Liebe des Biestes

Übersinnliche Liebesromane

Die Berserker-Saga
Verkauft an die Berserker
Gepaart mit den Berserkern
Entführt von den Berserkern
Übergeben an die Berserker
Gefordert von den Berserkern

Gerettet vom Berserker
Gefangen von den Berserkern
Verschleppt von den Berserkern
Gebunden an die Berserker
Berserker-Nachwuchs
Die Nacht der Berserker
Eigentum der Berserker
Gezähmt von den Berserkern
Beherrscht von den Berserkern
Den Berserkern ergeben

Berserker-Krieger-Romanze
Aegir
Siebold (mit Ines Johnson)

Bad-Boy-Alphas-Serie mit Renee Rose
Alphas Versuchung
Alphas Gefahr
Alphas Preis
Alphas Herausforderung
Alphas Besessenheit
Alphas Verlangen
Alphas Krieg
Alphas Aufgabe
Alphas Fluch
Alphas Geheimnis
Alphas Beute
Alphas Sonne
Alphas Mond
Alphas Schwur
Alphas Rache
Alphas Feuer
Alphas Rettung
Alphas Befehl

Mitternacht Doms mit Renee Rose
Alphas Blut
Seine gefangene Sterbliche
Die Jungfrau und der Vampir

The-Werewolves-of-Wall-Street-Serie mit Renee Rose
Der große böse Boss: Mitternacht

Der große böse Boss: Mondverrckt

Romantische Science Fiction

Planet der Könige mit Tabitha Black
Brutale Verbindung
Brutaler Anspruch
Brutale Jagd
Brutales Biest
Brutaler Dämon

Die Meister der Tsenturion mit Golden Angel
Gefangene von Außerirdischen
Außerirdischer Tribut
Außerirdische Entführung

Drachen im Exil mit Lili Zander
Eine Sci-Fi Dreierbeziehung Romanze
Draekon Gefährtin
Draekon Feuer
Draekon Herz
Draekon Entführung
Draekon Schicksal
Tochter der Dragons
Draekon Fieber
Draekon Rebellin
Draekon Festtag

Die Rebellion mit Lili Zander
Draekon Krieger
Draekon Eroberer
Draekon Pirat
Draekon Kriegsherr
Draekon Beschützer

Historische Cowboy Romanze

Braut Per Mail
Rocky Mountain: Erwachen (German Edition)
Rocky Mountain: Braut (German Edition)
Rocky Mountain: Rose (German Edition)
Rocky Mountain: Wildfang (German Edition)
Rocky Mountain: Schurke (German Edition)
Rocky Mountain: Daddy (German Edition)
Rocky Mountain: Ritt (German Edition)

Romantische Western

Wild Whip Ranch-Serie mit Tristan Rivers
Cowboy's Babygirl
Zähmung seines wilden Mädchens

ÜBER DIE AUTORIN

Lee Savino ist *USA Today*-Bestsellerautorin. Außerdem ist sie Mutter und schokosüchtig. Sie hat eine ganze Reihe von Büchern geschrieben, die alle unter die Rubrik »smexy« Liebesgeschichten fallen. *Smexy* steht dabei für »smart und sexy«.

Sie hofft, dass euch dieses Buch gefallen hat.

Besucht sie unter:
www.leesavino.com
https://www.facebook.com/groups/LeeSavino
https://www.tiktok.com/@authorleesavino

🌸 Erstellt mit Vellum